MONSIEUR GARAT

COMÉDIE EN DEUX ACTES

MÊLÉE DE CHANTS

PAR

VICTORIEN SARDOU

Deuxième édition

PARIS

MICHEL LÉVY FRÈRES, LIBRAIRES-ÉDITEURS

RUE VIVIENNE, 2 BIS

1862

MONSIEUR GARAT

COMÉDIE EN DEUX ACTES

MÊLÉE DE CHANT

Représentée pour la première fois, à Paris, sur le THÉATRE-DÉJAZET, le 30 avril 1860.

DU MÊME AUTEUR

L'ÉCUREUIL, comédie en un acte.

LES FEMMES FORTES, comédies en trois actes.

LES GENS NERVEUX, comédie en trois actes.

NOS INTIMES, comédie en quatre actes.

LES PATTES DE MOUCHE, comédie en trois actes.

PICCOLINO, comédie en trois actes.

LA TAVERNE, comédie en trois actes, en vers.

MONSIEUR GARAT

COMÉDIE EN DEUX ACTES

MÊLÉE DE CHANT

PAR

VICTORIEN SARDOU

PARIS

MICHEL LÉVY FRÈRES, LIBRAIRES-ÉDITEURS
RUE VIVIENNE, 2 BIS

1862

DISTRIBUTION DE LA PIÈCE

GARAT...........................	Mlle	DÉJAZET.
VESTRIS..........................	MM.	DUPUIS.
MAXIME..........................		P. CLÈVES.
CAMUSOT.........................		HALBLEIB.
DESHOULIÈRES....................		BACHE.
PHAR.............................		BELLECOUR.
LÉONIDAS.........................		ABEL BRUN.
CATILINA.........................		BOSQUETTE.
CINCINNATUS.....................		GOURDON.
THÉMISTOCLE.....................		ÉMILE.
UN PETIT JOUEUR DE VIOLON....		CÉLINE.
POTIRON..........................		DUROCH.
UN PORTEUR D'EAU................		PHILIBERT.
JULIE.............................	Mlle	LEBRETON
MADAME DUHAMEL................	Mmes	THIBAULT.
AMARANTHÈ.......................		AIMÉE MEYER.
CLÉOPATRE........................		BERTHE LEROSEY
PREMIÈRE GRISETTE..............		FERNEY.
DEUXIÈME GRISETTE.............		DUMAS.
TROISIÈME GRISETTE.............		SOPHIE.
UNE FEMME DE LA HALLE........		AGLAÉ.

INVITÉS, INVITÉES, SOLDATS, HOMMES DU PEUPLE, ETC.

La scène est à Paris : 1795.

LAGNY. — Typographie de A. VARIGAULT et Cie

MONSIEUR GARAT

ACTE PREMIER.

Un poste de gardes nationaux près de la halle au blé. Au fond, la
porte d'entrée, ouvrant sur une première pièce, séparée de la
scène par une cloison à vitrage. A droite de la scène, premier
plan, la porte d'un bûcher; deuxième plan, une autre porte. A
gauche, premier plan, une porte; deuxième plan, une grande
cheminée à manteau. Au plafond, vers la droite, une ouverture
assez large, munie d'une vitre qui s'ouvre ou se ferme à volonté,
au moyen d'un fil de fer. De tous côtés, sur les murs, drapeaux,
inscriptions, images coloriées, caricatures à la craie, etc.; table,
bancs, tabourets, etc.

SCÈNE PREMIÈRE.

LÉONIDAS, CINCINNATUS, CATILINA, THÉMISTOCLE,
POTIRON, GARDES NATIONAUX.

*(Roulement de tambour; les gardes nationaux, assis ou couchés sur les bancs,
se lèvent en sursaut et prennent leurs fusils.)*

CHŒUR.

Air : *Vive le son du tambour, du clairon.*

Le tambour bat,
Citoyen et soldat...
C'est toi qu'il appelle!
A ton devoir fidèle,
Réponds-lui : « Me voilà! »
A ses ra ra ra,
A ses fla fla fla...
Sois toujours fidèle.
Dès que sa voix t'appelle,
Réponds-lui : « Me voilà! » *(bis.)*

(Roulement de tambour. Léonidas entre, un papier à la main.)

LÉONIDAS, appliquant une calotte à Potiron qui bat le tambour.

Suffit! Un guerrier ne connaît que sa consigne! Citoyens
gardes nationaux de la section de la halle au blé, je vais pro-
céder à la lecture des ordres que je reçois du Directoire. Attention! (Se frottant l'œil.) Citoyen Cincinnatus, fais-moi le plaisir
de lire à ma place, je ne sais pas ce qui vient de m'entrer
dans l'œil. (Il passe le papier à Cincinnatus.)

CINCINNATUS.

Attention!.. (Même embarras.) Ah! c'est curieux... j'ai comme
un étourdissement. Tiens, Thémistocle...

THÉMISTOCLE.

Oh! bien, je n'y mets pas tant de malice, moi... je ne connais rien aux lettres. Ohé! qui est-ce qui sait lire ici? (Silence.)

LÉONIDAS.

Suffit! Ne parlez pas tous à la fois.

TOUS, se tournant vers Catilina qui entre avec un seau d'eau et un balai.)

Catilina! Catilina!

LÉONIDAS, à Catilina.

Tu sais lire, toi? Avance à l'ordre, et lis-nous ça.

CATILINA.

Si je peux.

LÉONIDAS.

Qu'est-ce que c'est, clampin? Quand bien même que tu ne
saurais pas lire du tout... du moment que la patrie l'exige de
ton dévouement, tu ne dois pas répliquer; marche!

CATILINA, lisant.

« Capitaine Léonidas. »

LÉONIDAS, se rengorgeant.

C'est moi!

CATILINA.

« Le Directoire, toujours bien informé, apprend que des
agitateurs, dont il ignore les noms, organisent un complot
dont le but... (Mouvement de tous pour écouter.) est encore un secret,
et qu'ils doivent, à cet effet, se réunir tantôt dans une
maison de ta section, dont la rue et le numéro sont... (Même
jeu.) tout à fait inconnus... En conséquence il t'enjoint, ainsi
qu'à tous les chefs de poste voisins, d'exécuter l'ordre suivant
dans le plus profond mystère. »

LÉONIDAS.

Ah! fichtre! moi qui ai convoqué tout le poste... Dites donc,
les enfants, j'espère que ça ne sortira pas d'ici, n'est-ce pas,
c'est en famille?

TOUS.

Oui, capitaine.

LÉONIDAS.

Suffit! Un guerrier ne connaît que sa consigne. En route,
Catilina.

CATILINA, lisant.

« Tu mettras deux sentinelles aux deux extrémités de ta
rue, avec ordre d'arrêter, sans considération de rang, d'âge,
ni de sexe, tout passant qui ne serait pas muni de sa carte de
civisme. Célérité et discrétion. » (Poticus commence un roulement.)

LÉONIDAS, lui appliquant une calotte.

On t'a dit *discrétion*, galopin. Est-ce bien entendu, vous
autres? ou voulez-vous qu'on relise une seconde fois?

TOUS.

Non, capitaine.

LÉONIDAS.

Suffit! Caporal Thémistocle, campe deux hommes de faction aux extrémités susdites, et arrête tout ce qui passera.

THÉMISTOCLE.

Faut-il aussi arrêter les chiens, capitaine?

LÉONIDAS.

Puisqu'on te dit sans considération de rang ni de sexe.

THÉMISTOCLE.

C'est bon, quoi!.. on ne peut pas deviner.

LÉONIDAS, à part.

Un guerrier qui réplique!.. suffit!.. Il m'est suspect, celui-là, très-suspect. (Les soldats sortent par le fond.)

SCÈNE II.

LÉONIDAS, CINCINNATUS, CATILINA.

LÉONIDAS.

Citoyens Catilina et Cincinnatus, la patrie compte sur votre dévouement pour veiller à la conservation du poste pendant l'absence de votre capitaine.

CATILINA ET CINCINNATUS.

Oui, capitaine.

LÉONIDAS.

Je vais faire un tour à mon épicerie. Je n'ai pas besoin de vous rappeler qu'un bon citoyen doit consommer dans l'intérêt public... Faites vos commandes.

CINCINNATUS, bourrant sa pipe et l'allumant.

Rien pour moi, capitaine.

CATILINA.

Un décime de tabac pour moi, capitaine.

LÉONIDAS.

Confiance et amitié... paye d'avance.

CATILINA.

Voici pour les deux sous de tabac, cent cinquante francs d'assignats.

LÉONIDAS.

Suffit! (A part et regardant Cincinnatus de travers.) Un guerrier qui ne consomme pas!.. Il m'est suspect, celui-là, très-suspect! (Il sort par le fond.)

SCÈNE III.

CATILINA, CINCINNATUS, puis VESTRIS.

CINCINNATUS.

Eh bien, où est donc mon fusil? Ah! le voilà! (Il prend son fusil et le nettoie en chantant.)

J'avais égaré mon fuseau !
Je le cherchais sur la fougère, etc.

CATILINA, balayant et criant à tue-tête en même temps que Cincinnatus.
Vive le vin ! vive l'amour !
Amant et buveur tour à tour, etc.

VESTRIS. Il ouvre la porte à droite ; il est en tenue de voyage avec une valise
sous le bras ; léger accent italien.

Des chansons ! heureux augoure ! (Il bat deux ou trois entrechats,
tandis que les deux autres continuent à brailler de leur côté, et attrape Catilina avec le pied, Cincinnatus avec la valise.)

CATILINA ET CINCINNATUS, le regardant.

Prends donc garde, pantin !

VESTRIS.

Un fousil, un corps de garde ! Diou soit loué !.. je souis en
soureté (Autre entrechat.)

CATILINA.

Ah çà ! d'où sort-il, celui-là ?

VESTRIS.

D'où je sors ? Ah ! ne m'en parlez pas ! Je sors de la diligence... Je demande mon chemin... on me trompe !.. Je m'é-
gare d'oune roue dans oune impasse !.. Des chants harmo-
nieux frappent mon oreille, et enfin, cher Monsieur !..

CATILINA ET CINCINNATUS, fronçant le sourcil et frappant le parquet avec le
balai et le fusil.

Monsieur ?

VESTRIS, sautant.

Eh bien ! qu'est-ce qu'ils ont donc ? Aurais-je manqué ?..
J'aurais manqué de politesse ?

CATILINA.

Il n'y a pas de monsieur ici... muscadin !.. il n'y a que des
citoyens !

VESTRIS.

Ah ! pardon, escousez !... j'arrive de Londres !

CATILINA ET CINCINNATUS, même jeu.

De Londres ?

VESTRIS, sautant.

Encore ?

CATILINA, à Cincinnatus.

Suspect !

CINCINNATUS, à Catilina.

Suspect !

CATILINA.

Ton nom ?

VESTRIS.

Ton nom ? (A lui-même.) Il est familier, ce soldat ! (Haut.) Il
est assez connou mon nom : je souis le fameux, l'illoustre,
l'incomparable et l'ounique Vestris, Vestris II, fils du fameux,
de l'illoustre, de l'incomparable et de l'ounique Vestris Ier,

son père; vous savez bien, mon père, celoui qui disait toujours : « Il n'y a que trois grands hommes au monde, M. de
Voltaire, le roi de Prousse et moi!.. » Moi, c'est bien mieux, je
souis tout seul !

CATILINA.

Eh bien, qu'est-ce que tu viens faire ici tout seul ?

VESTRIS, à part.

Décidément, il tient à me toutoyer, c'est oune manie!
(Haut.) Ce que je viens faire ?

CATILINA ET CINCINNATUS.

Oui !

VESTRIS.

Eh donc! je viens pratiquer mon art, professer la danse, le
maintien et la bonne tenoue !

CATILINA.

La danse ?

VESTRIS.

Sans doute!

CINCINNATUS.

Allons donc, muscadin! est-ce qu'on danse encore?

VESTRIS.

Comment, si l'on danse encore! Qu'est-ce que j'entends?
Mais soupprimer la danse... tout est détruit, perdou, plous
de société, plous d'harmonie! Chacun veut passer le premier... on se bouscoule... c'est le déjouze!.. Soupprimer la
danse, c'est soupprimer l'esistence... la vie... la vie elle-
même, car qu'est-ce que c'est que la vie? oune contre-
danse!

Air du *Pas de zéphyr.*

La vie est un bal,
C'est un vrai carnaval,
Bacchanal,
Infernal,
Où chacun, bien ou mal,
Glissant, balançant,
S'avançant,
S'élançaut,
Se fait place en passant,
En pressant,
Eu poussant!
Bien frisé, rasé,
Un fat, d'un air blasé,
Lorgne un minois rosé :
C'est un *chassé-croisé!*
Ces bruits et ces cris
Dont vous êtes surpris,

Deux amis,
Un peu gris
Qui se font *vis-à-vis!*
La vie est un bal, etc.
Voyez le commerce :
Est-il un métier
Où mieux on s'exerce
A bien lever le pied ?..
Savants, inventeurs,
Penseurs,
Auteurs,
Traiteurs,
Plaideurs,
Docteurs,
On ne voit que sauteurs!
La vie est un bal, etc.
Heureux amoureux
D'une dame aux doux yeux,
Elle cède à vos vœux,
Et c'est un *avant-deux!*
Un rival
Brutal
Entre au moment fatal,
Et c'est l'affreux signal
D'un *galop général!*
La vie est un bal, etc.

CATILINA.

Assez! Où vas-tu?

VESTRIS, mécontent.

Où vas-t ou? où vas-t ou? Je vais roue Richelieu! mais ce n'est pas oune raison pour me toutoyer!

CINCINNATUS.

Il n'y a plus de rue Richelieu! on dit : rue de la Loi !

VESTRIS.

Ah!

CATILINA, frottant un ognon sur du pain.

Quoi faire rue de la Loi?

VESTRIS, à lui-même.

Ah! ils sont courieux ; encore oune manie! (Haut.) Eh bien! c'est toute oune histoire... voyez-vous ; j'y vais, parce qu'en 1794...

CATILINA.

En l'an deux!

VESTRIS, surpris.

En l'an deux?... Non.. je dis bien, en 94...

CATILINA.

En l'an deux, sacrebleu !

VESTRIS.

Ah! enfin, en l'an deux, si vous voulez. Je me rappelle pourtant bien que c'était au mois de novembre.

CINCINNATUS.

Brumaire!

VESTRIS.

Broumaire?... Comment, broumaire?

CATILINA.

C'est novembre!

VESTRIS.

Ah!.. (A lui-même.) Ah! mais ils sont taquoins, ici. (Haut.) Enfin, un dimanche... quoi?

CATILINA.

Un décadi!

VESTRIS.

Plaît-il?

CINCINNATUS.

Un décadi, on te dit!

VESTRIS.

Un décadi? Qu'est-ce que ça encore?

CINCINNATUS ET CATILINA.

C'est dimanche!

VESTRIS, exaspéré.

Mais alors, laissez-moi donc dire dimanche, mille pirouettes! (A part.) Ah! ils m'ennouient à la fin! ils m'ennouient!

CATILINA, à Cincinnatus.

Dangereux!

CINCINNATUS.

Dangereux!

VESTRIS.

Je dis donc que...

CATILINA.

Allons, ta carte?

VESTRIS.

Ma?.. Ah! bon, ma carte! (A part.) Il veut prendre des leçons de bonnes manières... (Fouillant dans sa poche.) il a raison... Vous avez raison, jeune homme! Tenez, la voilà ma carte : seulement sans adresse; vous comprenez, je sors de la diligence: Auguste Vestris, ex-danseur du Grand-Opéra, enseigne le menouet, la chaconne!

CATILINA.

Ah çà! est-ce que tu te moques de nous, baladin, avec ta chaconne.

VESTRIS, exaspéré.

Mais, à la fin, je vous défends de me tutoyer, vous; a-t-on jamais vou! Je ne vous connais pas, moi!

CATILINA.

Mais moi non plus, je ne te connais pas, pantin, et c'est pour ça que je t'arrête.

VESTRIS.

M'arrêter!

CATILINA, marchant sur lui.

Ah! tu n'as pas de certificat de civisme, et tu cours les rues à cette heure-ci?

CINCINNATUS, de même.

Et tu arrives de Londres?

CATILINA, de même.

Et tu ne veux pas qu'on te tutoie?

VESTRIS, épouvanté.

Monsieur!..

CINCINNATUS.

Et tu nous appelles monsieur?

VESTRIS, tremblant.

Je...

CATILINA.

Assez, mille noms d'une pipe! ou je t'apprends une danse que tu ne connais pas.

VESTRIS, épouvanté.

Ah! (Il tombe à la renverse sur un escabeau.)

CATILINA, furieux.

Tu as le front de nous faire la cabriole au nez pour nous narguer? Attends, va! (Ils le prennent par les pieds et par la tête et le jettent dans le bûcher avec sa valise.)

VESTRIS, se débattant.

Je vous défends de me toucher!.. je vous défends!.. Ah ah! povero! povero! de moi!

CINCINNATUS, fermant la porte.

Silence! marionnette!

SCÈNE IV.

CATILINA, CINCINNATUS, MAXIME, en officier de garde nationale.

MAXIME, à part, en entrant.

Grâce à Dieu, il m'a perdu de vue, et ce déguisement déroutera les soupçons.

CATILINA, l'apercevant.

Qu'est-ce que tu veux, citoyen?

MAXIME, à part.

De l'aplomb. (Haut.) Le capitaine n'est pas là?

CATILINA.

Non... Ton nom?

MAXIME.

Le lieutenant Maxime, de la section J.-J. Rousseau. Je viens

demander, de la part de mon chef de poste, si le capitaine
Léonidas a reçu des ordres particuliers pour aujourd'hui.

CATILINA.

Oui, pour arrêter les passants qui n'ont pas de cartes ci-
viques.

MAXIME, à part.

On est sur nos traces, et cet homme qui m'a suivi...

CINCINNATUS.

En voilà un d'arrêté... Tiens, dans le bûcher.

MAXIME, à part.

Un des nôtres?

CATILINA.

Un danseur.

MAXIME, à part.

Un danseur! Non. (Haut.) J'attendrai le capitaine.

CATILINA, ouvrant la deuxième porte, à droite.

Là-dedans... si tu veux... c'est sa chambre.

MAXIME.

Merci! (A part.) Me voilà en sûreté, en attendant que mon espion s'éloigne... Il est dix heures et demie, notre rendez-vous
n'est qu'à cinq heures, j'ai le temps. (Il entre dans la chambre; au
même instant, grand bruit dehors.)

CATILINA, refermant la porte sur Maxime.

Qu'est-ce que c'est que ça?

POTIRON, entre par le fond, tout effaré.

A l'aide donc, vous autres! C'en est un qu'on arrête et qui
ne veut pas descendre de voiture. Toute la rue est en l'air.
(Rumeurs; on entend le cri : « Au poste! Au poste!)

CATILINA.

De la résistance? Un homme seul! Aux armes, Cincinnatus!

POTIRON, sur le seuil.

Le v'là! le v'là!

VOIX-DEHORS.

Au poste!

GARAT, dehors.

C'est bon, c'est bon, on y va, au poste!

CRIS, redoublant.

Au poste! au poste!

SCÈNE V.

CATILINA, CINCINNATUS, POTIRON, THÉMISTOCLE, GARDES
NATIONAUX escortant GARAT; SOLDATS et PEUPLE au fond.

GARAT.

Ah! les faquins! ont-ils la voix fausse.

THÉMISTOCLE.

Allons, marchons! (Il le prend au collet.)

GARAT, lui faisant lâcher prise d'un coup de badine.

Allons donc! allons donc! allons donc! bas les pattes! (Il descend en distribuant des coups de badine à tous les soldats qui veulent le saisir.)

CATILINA.

Qu'est-ce que c'est, morbleu? Insulter les citoyens qui servent la patrie?

GARAT.

Ah! je la plains, la patrie... s'ils la servent avec ces mains-là.

CATILINA.

Avance à l'ordre, muscadin!

GARAT.

Heureusement, ils sont polis. (Lorgnant Catilina.) Ah! celui-ci, c'est mieux, il ne se lave pas la figure!

CATILINA.

Oui, oui, rira bien qui rira le dernier! Voyons, ta carte?

GARAT.

Quelle carte?

CATILINA.

Pour circuler dans Paris.

GARAT.

Parbleu! je le connais bien Paris, je n'ai pas besoin de carte.

CATILINA, lui parlant sous le nez.

Je te demande ton certificat de civisme?

GARAT, reculant.

Ah! pouah! l'ognon!

CINCINNATUS, de même, de l'autre côté.

Entends-tu ce qu'on te dit?

GARAT.

Ah! bon... le tabac... à l'autre! Eh bien! non, je n'ai pas de certificat. Est-ce fini, la petite cérémonie? Bonsoir!

CATILINA.

Fini? c'est-à-dire que ça commence. Je t'arrête!

GARAT.

Allons donc! M'arrêter! Arrêter Pierre-Jean Garat! Garat de Bordeaux! Le grand Garat!

CATILINA.

Garat? Connais pas.

GARAT.

Connais pas! Soyez donc la coqueluche des femmes et le cauchemar des hommes! Eh bien, regarde-moi. iroquois, ce n'est pas tous les jours fête; et si ta femme est jolie, ne lui dis pas, en rentrant, que tu viens de voir Garat, elle ne demanderait pas qui je suis, la friponne, mais elle te demanderait peut-être mon adresse.

CATILINA.

Ça ne m'atteint pas, je suis célibataire.

GARAT.

Tant pis, il y avait de l'étoffe.

CATILINA.

Ton métier?

GARAT.

Je suis roi!

TOUS.

Hein?...

GARAT.

Parbleu! oui, le roi du chant.

CATILINA.

Tu dis?...

GARAT.

Ah! oui, c'est juste!.. le dieu du chant. Êtes-vous contents?

CATILINA.

Suspect! On ne dit plus vous, on tutoie tout le monde.

GARAT.

Eh bien, tu es laid, tu sens l'ognon, et tu m'ennuies, entends-tu?

CATILINA.

Soldats! croisez la baïonnette!

GARAT, éclatant de rire.

Artilleurs! à vos pièces! Allez donc! Ah! décidément, je demande à voir le capitaine, tu es trop bête, toi.

CATILINA, sautant sur son fusil.

Qui est-ce qui est trop bête? qui bête?.. De qui parles-tu,
muscadin?...

GARAT.

Je parle de ces messieurs.

CATILINA.

Tu as dit, tu es trop bête! toi!

GARAT.

Eh bien, puisqu'on tutoie tout le monde!

CATILINA.

C'est juste!.. Potiron! va chercher le capitaine à son épicerie;
et vous, en faction! (Catilina ferme la porte à droite, et prend la clef.)

ENSEMBLE.

Air : *Marche d'Aline.*

Allons!
Soldats, sortons,
Marchons,
Surveillons
Gens suspects et fripons.
Allons!
Soldats, sortons,
Marchons,
Et surveillons
Habitants et maisons.

Ils sortent.

SCÈNE VI.

GARAT, seul.

Ah! fi! pouah !.. la sotte aventure!.. Me voilà bien accommodé pour un homme en bonne fortune... J'étais parfumé à l'iris... je le suis à l'ognon... un rendez-vous perdu!.. un rendez-vous charmant, avec une dame que je ne connais pas... parole d'honneur! je ne la connais pas!.. Mais, que voulez-vous, la renommée... le génie !.. Je ne chante pas une seule fois au concert Feydeau, que tous ces petits cœurs de femmes ne se suspendent à mes lèvres... et c'est une volée de billets doux chaque matin... et de déclarations!.. Ah!.. c'est trop!.. parole d'honneur, c'est trop! une, deux, trois, passe encore, mais vingt par jour... Le plus honnête homme du monde ne peut donner que ce qu'il... N'est-ce pas? Et puis, tout cela ne vaut pas Manon, Manon la grisette, Manon la couturière, mon premier, et presque mon seul amour!..

Air : *O Fontenay, qu'embellissent les roses!*

Minois charmant, teint de lis et de rose...
Regard fripon, toujours je te revois!
De ces regrets, mon cœur, tu sais la cause :
On n'aime bien que la première fois! (*bis.*)

Ah! notre jolie mansarde de la rue des Grès, où nous étions si pauvres et si riches... comme on s'aimait dans ce temps-là! Demandez-moi un peu pourquoi nous nous sommes quittés!.. Voilà ce qu'on n'a jamais pu savoir. Un jour de printemps, je suis allé faire une petite course, elle est sortie pour une heure. Il paraît qu'elle n'est pas rentrée; moi non plus! On a vendu pour trente sous tout ce qu'il y avait dans la cage, et envolés les oiseaux!.. envolés!.. Ah! Manon! Manon! où es-tu? En attendant, j'ai fait une exception en faveur de ce petit poulet (Il tire de sa poche un petit billet.) Il exhalait un parfum si suave... si... comment dirai-je? si voluptueux !.. La rédaction en est tellement éloquente ! (Lisant.) «Si vous avez le cœur aussi sensible que la voix langoureuse et tendre... soyez, vers dix heures du matin, sur la terrasse des Feuillants, autour du grand manége, et puissiez-vous trouver un aussi grand plaisir à recevoir ce que l'on vous destine, que l'on se propose d'en éprouver en vous l'accordant !» (S'interrompant.) Parlez-moi de cela, c'est clair!.. (Lisant.) « Vous me reconnaîtrez au bouquet de fleurs d'oranger que je tiendrai à la main. » (S'interrompant.) La fleur d'oranger a pour but de me laisser croire... Oui, mais je n'y crois pas... «(Lisant.) Signé... Cléopâtre... » Le nom me plaît!.. le nom promet!.. Je me décide, je m'habille, je pars... pour aller faire avec cette dame... le tour du grand manége... à dix heures du matin... au point du jour... contre toutes mes habitudes!.. Aussi, en me voyant resplendir de si bonne heure, les Parisiens avaient l'air de se dire : « Tiens! déjà le soleil!.. Il fait jour plus tôt qu'à l'ordinaire aujourd'hui... » Et ils avaient raison, car :

Air : Le point du jour.

Le point du jour
Est sans éclat, tant que mon sommeil dure!
Mais que je me lève à mon tour,
Que je gazouille un chant d'amour...
J'annonce à toute la nature
Le point du jour!
(Ici Vestris éternue.)

Dieu vous bénisse!... (Autre éternuement.) Un captif qui éternue dans les fers!.. Où ça ? (Autre éternuement.) Ici!...

SCÈNE VII.

GARAT, VESTRIS.

GARAT, ouvrant la porte du bûcher

Tiens! qu'est-ce que vous faites donc là?

VESTRIS, sortant.

Ah! ne m'en parlez pas! ils ont eu le front de me jeter ici dans le bûcher!

GARAT.

Dans le bûcher!.. Parbleu! vous êtes installé là-dedans... vous avez l'air d'être chez vous!

VESTRIS.

Ah non ! (Éternuant.) Si vous saviez comme c'est houmide ici!

GARAT.

Humide ! (Il regarde les murs.) Mais il a raison! c'est très-humide !.. Et ma voix!...Ah! mon Dieu! l'humidité... un rhume!.. (Il essaye une cadence.) Non, pas encore!

VESTRIS.

Diou! un chanteur!.. Vous seriez chanteur!

GARAT.

Parbleu! Garat! rien que cela!

VESTRIS.

L'illoustre Garat! Oh fortoune! réounir ici, dans les chaînes, les deux plous grands hommes dou monde!

GARAT.

Qui ça, les deux plus grands hommes, moi?

VESTRIS.

Vous et moi!.. Garat et Vestris ! (A part.) Je le mets le premier, parce que la politesse... (Il se mouche.)

GARAT, *le lorgnant.*

Ah bah!.. C'est monsieur Vestris!

VESTRIS.

Eh! oui... Augouste!.. le petit Augouste!.. l'enfant chéri
de mon père!.. vous savez bien; mon père... celui qui disait
toujours : « Il n'y a que trois grands hommes... » (Il éternue.)

GARAT.

Oui, oui, connu!.. M. de Voltaire!..

VESTRIS.

Le roi de Prousse!..

GARAT.

Et moi!..

VESTRIS.

Et vous!.. Ah! ah! très-joli! très-joli!.. (A part.) Il a de
l'esprit pour un chanteur! (Haut.) Eh bien, Monsieur, c'est ce
grand homme, lui-même, qui a dirigé mes premiers pas à
l'Opéra!

GARAT, *avec attendrissement.*

Lui-même!

VESTRIS.

Avec un gourdin.

Air : *Le premier pas.*

Au premier pas
Que je fis dans la danse,
Je m'étalai, Monsieur, avec fracas!
Mais je le fis avec tant d'élégance,
Que le public cria : «Qu'il recommence
Ce premier pas! » (*bis.*)

GARAT.

Le premier pas,
Toujours à l'innocence
Fait éprouver un charmant embarras;
Car en amour, aussi bien qu'à la danse,
Le *second* pas se fait sans qu'on y pense,
Le *premier*... pas!

VESTRIS.

Ah! c'est char... (Il éternue.) mant.

GARAT.

Ah çà! vous êtes enrhumé du cerveau, ce n'est pas possible!

VESTRIS.

Enrhoumé! peut-être oui!.. le cachot, la douleur!.. Mais
cela ne m'empêchera pas de vous serrer! (Il lui tend le bras.)

GARAT, *reculant.*

Comment me serrer! mais je vous défends de me serrer!..
un rhume de cerveau, mais cela se gague!

VESTRIS.

Vous refusez!..

GARAT, se tenant à distance avec sa canne.

Mais voulez-vous vous sauver avec votre rhume! Au large!..

VESTRIS.

Au large! Ah! voilà où je voudrais être : c'est au large!..
Je souis assez fâché d'être venu dans cette fichoue ville! Quand
je pense que j'ai laissé à Londres la danseuse la plous jolie,
la plous mignonne!.. Oune Vénous, monsieur Garat, oune Vénous!.. qui m'a donné au départ cette natte de sa cheveloure!

Air : *Vivre loin de ses amours.*

Un tissou de ses cheveux,
C'est pour moi le bien suprême!..
Hélas! c'est un mal affreux
De ne plous voir ce que l'on aime!

GARAT.

Vivre loin de ses amours. .
N'est-ce pas mourir tous les jours? } (*bis.*)

DEUXIÈME COUPLET.

GARAT.

Chaque instant vient attiser
La flamme qui nous dévore!

VESTRIS.

On se rappelle un baiser...

GARAT.

Et mille baisers encore!..
Vivre loin de ses amours, etc

GARAT, regardant l'heure.

Onze heures... Cléopâtre commence à croquer le marmot !

VESTRIS, redescendant.

Dites donc, j'ai une idée !

GARAT.

Bah !

VESTRIS.

Parbleu! pour être enrhoumé, croyez-vous que mon cerveau ne raisonne pas? (Il éternue.)

GARAT.

Le fait est qu'il *réisonne* !

VESTRIS.

Estrèmement!.. Et à force de chercher, je crois que je tiens
oune rouse!

GARAT.

Une rouse?

VESTRIS.

Oui, pour sortir d'ici!

GARAT.

Voyons la rouse!

VESTRIS.

Je me déshabille!

GARAT.

Diable!

VESTRIS.

Vous vous déshabillez!

GARAT.

Sandis! où allons-nous, mon bon?

VESTRIS.

Je prends votre costoume! vous prenez le mien!

GARAT.

Eh bien?

VESTRIS.

Eh bien, nous voilà dégouisés, n'est-ce pas?..

GARAT.

Eh bien?

VESTRIS.

Eh bien, pouisque nous sommes dégouisés! nous sortons tranquouillement par la porte, et l'on ne nous recounaît plous!

GARAT.

Ah! voilà ce que vous avez trouvé, vous?

VESTRIS.

Et tout seul! (Il fait une pirouette.)

GARAT.

Cadédis! tout est tombé dans les jambes!.. Eh bien! j'ai mieux que ça, moi!

VESTRIS.

Mieux encore?

GARAT.

Vous allez voir!.. Vous dites donc, que vous avez dansé à l'Opéra!

VESTRIS, se mouchant.

Eh! l'ounivers entier le sait!

GARAT.

Alors, vous êtes descendu quelquefois de l'Olympe?

VESTRIS.

De l'Olympe! eh! en Joupiter! tous les soirs, au son des tambours et des trompettes, sur un nouaze!.. avec Pamphile!

GARAT.

Pamphile! Qu'est-ce que c'est que ça, Pamphile?

VESTRIS.

Ah! ne m'en parlez pas! un saltimbanque... qui faisait le dieu Voulcain!.. un danseur de quatre sous qui avait le front de se poser comme mon rival... Mais je l'écrasais, Monsieur, je l'écrasais tellement de ma soupériorité, qu'il a disparou, et depouis!.. plous de Pamphile!.. plous!..

GARAT, lui fermant la bouche.

Oui, oui... c'est bon! c'est bon!.. monsieur Vestris... levez le nez et regardez...

VESTRIS.

Pamphile?

GARAT.

Eh! non, le plafond!

VESTRIS.

Ah! oui, oui, je vois le plafond!

GARAT.

Et une ouverture?

VESTRIS.

Et oune ouvertoure, oui!..

GARAT.

Eh bien! voilà l'Olympe! Jupiter, tu es assez descendu, mon bon; remonte une bonne fois, sans tambours ni trompettes.

VESTRIS.

Et sans nouaze?

GARAT.

Et sans *nouaze!*

VESTRIS.

Diavolo!

GARAT.

Une fois là-haut, tu ne fais qu'un saut... ce qui ne change rien à tes habitudes...

VESTRIS.

Oui!

GARAT.

Tu cours à mon adresse, que voici!.. avec ma clef... que voilà!.. et tu prends sur ma cheminée des papiers qui nous tirent d'ici!.. Allons! en route!

VESTRIS.

En route! en route! C'est facile à dire, mais où est le machiniste? Je ne vois point le machiniste.

GARAT.

Un machiniste! Arrière! imposteur! Tu n'es pas Vestris!

VESTRIS.

Moi!

GARAT.

Non! non! tu n'es pas ce demi-dieu; non, tu n'es pas ce zéphyr, ce vent léger... ce souffle!

VESTRIS, éternuant.

Si! si!

GARAT.

Tu n'es qu'un courant d'air. (Vestris éternue.) Et un éternuement!

VESTRIS.

Monsieur Garat! je m'envolerai! je m'envolerai!

GARAT.

Tout de suite!

VESTRIS.

Tout de souite! En montant sour cette chaise et sour ma valise, je m'élance... (Il fait tout tomber.)

GARAT.

Et patatras!

VESTRIS, la jambe en l'air.

Oui, mais je souis retombé à la quatrième position.

GARAT.

Viens ici... Voilà une cravate qui doit être d'une jolie longueur!.. Ote-moi cela.

VESTRIS, ôtant la cravate.

Ma cravate!.. *Per Baccho!* pourquoi faire?

GARAT, déroulant la cravate qui n'en finit plus.

Va toujours!.. tourne, tourne encore, tourne toujours!

VESTRIS.

Ah! *che gusto!*.. j'y souis; c'est pour faire une échelle de corde!.. Tirez! tirez!

GARAT.

La! Et dépêchons, cadédis! (Il regarde sa montre.) Cléopâtre croque tout à fait le marmot!

VESTRIS, sur le banc.

Ah! quel géuie! Il était digne d'être danseur! (Il jette la cravate par-dessus la traverse de la fenêtre à tabatière et rassemble les deux bouts dans sa main.)

GARAT.

Presto! Jupiter! en route!

VESTRIS, grimpant.

Seigneur Diou! monsieur Garat, ça craque!

GARAT.

Ça ne craque pas!

VESTRIS.

Ça craque!

GARAT.

Je te dis que ça ne craque pas!

VESTRIS.

Je n'ose pas prendre mon élan!

GARAT.

Attends donc! Qu'est que c'est que ça?

VESTRIS, regardant sur le toit.

La corde du badigeonneur!

GARAT, lui passant le balai.

Tire!

VESTRIS, faisant tomber la corde du toit.

Voilà!

GARAT.

Vite!

VESTRIS, après avoir repris sa cravate.

Ah! maintenant, je pouis prendre mon élan! (Il grimpe.)

GARAT.

Bon voyage ! Y es-tu ?

VESTRIS, dehors.

Oui ! (Il tire la corde à lui.)

GARAT.

Ferme la fenêtre ! (La fenêtre retombe.)

SCÈNE VIII.

GARAT, MAXIME, JULIE.

MAXIME, entrant sans voir Garat.

Maintenant, je crois que je puis sortir sans danger.

GARAT.

Vite donc !

CATILINA, dehors.

Comment que vous dites ça ?

JULIE, de même.

Mademoiselle Julie, de chez madame Duhamel !

GARAT ET MAXIME.

Julie !

CATILINA, ouvrant la porte du fond.

C'est bon ! entrez !

JULIE, entrant. —

Mais, puisque je vous dis que votre capitaine me connait.

CATILINA.

C'est bon ! on va le prévenir !

JULIE.

Mais...

CATILINA, fermant la porte en s'en allant.

Assez !

JULIE ET MAXIME.

Monsieur Garat !..

GARAT.

Julie !. mon ancienne élève... la fille du comte d'Angennes,
que je n'ai pas vue depuis trois ans... Et le petit cousin...
c'est-à-dire le grand cousin, que j'ai surpris si souvent, pendant
mes leçons... faisant en cachette ce que je fais en ce moment. (Il lui baise la main.) Si ses baisers ont grandi avec lui,...
ils doivent être de taille, les fripons, car ils promettaient !

JULIE.

Ah ! ne riez pas, monsieur Garat, ne riez pas !

GARAT.

Comment ?

MAXIME.

Mais vous ne savez donc pas !..

GARAT.

Quoi ?

JULIE.

Mon père!

GARAT.

Eh bien?

MAXIME.

Il est arrêté!

GARAT.

Arrêté?

JULIE.

Depuis huit jours!

MAXIME.

Au moment où nous allions nous marier!

GARAT.

Et comment êtes-vous ici, sous ce costume?

JULIE.

Notre hôtel a été vendu à vil prix.

GARAT.

Oui, je le sais... à un M. Camusot... de La Luzerne... Je vous croyais émigrés?

JULIE.

Une ancienne servante, qui m'a recueillie dans sa maison, m'a fait entrer chez une vieille dame comme demoiselle de compagnie!

GARAT.

En service... vous?

JULIE.

Ma maîtresse, madame Duhamel, est très-liée avec le secrétaire du directeur Barras... C'est un homme qui a tout crédit et qui peut rendre la liberté à mon père d'un trait de plume; elle le reçoit à dîner ce soir... et j'espère...

GARAT.

Ah! pauvre enfant!

JULIE.

Mon Dieu! vous croyez qu'il peut être insensible?

GARAT.

Au contraire, j'ai peur qu'il ne soit trop sensible.

MAXIME.

Mauvais moyen!.. Et grâce à des amis dévoués, j'ai organisé un complot...

GARAT.

Un complot!... aïe, aïe, aïe!

MAXIME.

Hein?

GARAT.

Ah! que je n'aime donc pas ça! Que je n'aime donc pas ça! Que je n'aime donc pas ça!

MAXIME.

Et pourquoi donc, monsieur Garat?

GARAT.

Pourquoi?... Et si quelque espion, se glissant parmi vous...

MAXIME.

Impossible!... Nous avons un signe de reconnaissance...

GARAT.

Ah! vous avez...

MAXIME.

Sans doute... un objet bizarre qu'il faut présenter sans mot dire au gardien de notre porte.

GARAT.

Et cet objet?...

MAXIME.

Ah! pardon, mon cher monsieur Garat; mais c'est mon secret.

GARAT.

Oh! simple curiosité! (A part.) Je le saurai malgré toi.

JULIE.

Et vous irez?

GARAT.

Soyez tranquille! il n'ira pas!

MAXIME.

Vous dites?

GARAT.

Je dis que j'ai un moyen meilleur que les vôtres, et que c'est moi qui sauverai M. le comte d'Angennes.

JULIE.

Vous?

MAXIME.

Et ce moyen?

GARAT.

Oh! unique! mais parfait!... J'en ai fait l'épreuve!... Le jour où M. Garat fils écrivit à M. Garat père, avocat au parlement de Bordeaux : « Monsieur mon père, au lieu d'étudier ici mon droit, je chante à la cour des romances qui font le plus grand effet... » M. Garat père répondit à Garat fils : « Mon fils... je n'ignorais pas que dans Rome dégénérée, des histrions et des baladins avaient été les favoris des Césars... Adieu! » Plus de père et plus de pension! Tire-toi de là, Garat! Vous auriez conspiré, vous... n'est-ce pas?... Mais savez-vous ce que je fais, moi?... Je pars pour Bordeaux, j'organise une représentation au bénéfice des pauvres... et je fais afficher : « *Romances chantées par M. Garat!* » *Garat* en lettres longues comme ça! Prix des places : Triplé!... Mon père, furieux, prend une loge à lui seul pour me siffler... J'arrive et je chante en le regardant!.. il écoute... Je chante encore... il s'émeut... Je chante toujours... il pleure! je pleure! nous pleurons!... Il me tend ses bras!... et j'y vole! Trouvez donc une ruse qui vaille celle-là!...

MAXIME.

Et vous voulez dire?

GARAT.

Sandis! je ne veux pas dire!... Je dis que la voix qui m'a rendu mon père saura bien lui rendre le sien!

MAXIME.

Folie! Je ne jouerai pas la vie d'un homme sur des chansons.

GARAT, à Julie.

Votre maîtresse demeure?

JULIE.

Quai de la Mégisserie, 25.

GARAT.

Et c'est ce soir?

JULIE.

Ce soir!

GARAT.

J'y serai!

JULIE.

Comment?

GARAT.

Et j'y dînerai!... Allons! me voilà conspirateur!

MAXIME.

A votre aise; quant à moi, mes amis m'attendent, j'ai promis, j'irai!

JULIE.

Vous!...

GARAT.

Mais soyez donc tranquille, il n'ira pas!

SCÈNE IX.

GARAT, JULIE, MAXIME, CATILINA, TROIS GRISETTES, l'une avec un panier, l'autre avec un paquet, la troisième avec une botte de légumes.

CATILINA, les prenant malgré elles.

Vos cartes, on vous dit!

ENSEMBLE.

Air : *C'est le vieux Mathurin !*

LES GRISETTES.

Veux-tu nous relâcher
Et ne pas nous toucher!
Pourquoi nous empêcher
De sortir, de marcher?
Voyez-vous ces soldats!
Ces gueux, ces scélérats!
Ah! ne me retiens pas,

Ou je griffe et je bats!
CATILINA, s'armant du balai.
Ah! je vais me fâcher!
Voulez-vous bien marcher?
Celle qui va broncher,
Je la fais attacher!
Résister aux soldats,
Faiseuses d'embarras!
Osez faire un seul pas,
Je frappe à tour de bras!
LES GRISETTES, menaçant avec le panier, le paquet et la botte de légumes.
Avance!
CATILINA, se tenant à distance avec son balai.
Silence,
Ou je frappe à tour de bras!
LES GRISETTES.
Vengeance!
CATILINA.
Silence!
LES GRISETTES.
Va, grand lâche, on n' te craint pas!

CATILINA, furieux.
Un mot de plus!.. je fais feu'.. (Il saisit le balai.)
LES GRISETTES, effrayées et reculant.
Ah!...
CATILINA, en travers de la porte du fond, croisant le balai et surveillant les femmes.
Citoyenne Julie!... avance à l'ordre!...
JULIE.
Moi?
CATILINA.
Le capitaine te permet de circuler!... Circule!...
LES GRISETTES, s'avançant.
Et nous!... et nous!...
CATILINA.
Mille millions de milliasses!... (Les grisettes reculent effrayées.
Signe d'intelligence de Julie à Garat et à Maxime. Julie sort, Catilina ferme la
porte.)

SCÈNE X.

GARAT, MAXIME, GRISETTES.

MAXIME.
Vite!... un mot d'avis au comte d'Angennes! (A Garat.)
Faites le guet!... (Il s'assied sur le banc, déchire une feuille de son ca-
lepin, et écrit avec son crayon.)
GARAT.
Oui!... (Regardant l'heure.) Cléopâtre a entièrement croqué le

marmot! Tâchons que nos conspirateurs fassent comme Cléopâtre. Un objet bizarre, un signe de reconnaissance... un
objet sans lequel il ne peut entrer!... Qu'est-ce que ça peut
bien être?... (Aux grisettes.) Pstt! pstt!..

LES GRISETTES, redescendant.

Comprenez-vous cela, vous, ces brigands?

GARAT.

Oui, je...

PREMIÈRE GRISETTE, sans l'écouter.

Et mon pot-au-feu qui bout pendant ce temps-là!

GARAT.

Oui... mais...

TROISIÈME GRISETTE, sans l'écouter.

Et mon mari qui fait comme votre pot-au-feu!

GARAT.

Si!..

DEUXIÈME GRISETTE, même jeu.

Et Périclès qui va me croire infidèle!

GARAT, impatienté.

Ah!

TOUTES TROIS.

Ah! les brigands!

GARAT.

Mais, sandis!.. écoutez-moi donc!

LES GRISETTES.

Quoi?

GARAT, mystérieusement.

Voulez-vous sortir d'ici?

LES GRISETTES.

Si nous voulons!...

GARAT.

Silence!... Vous voyez cet officier? Eh bien! il a dans sa
poche le talisman qui peut vous ouvrir la porte!

TOUTES.

Quoi donc?

GARAT.

Je n'en sais rien!.. Mais nous verrons bien, si vous voulez
m'aider à lui ravir l'objet!

DEUXIÈME GRISETTE.

Le voler!

GARAT.

Fi donc! l'emprunter seulement.

PREMIÈRE GRISETTE.

Tiens! j'en suis, moi; ces gardes nationaux-là, c'est des
rien du tout.

DEUXIÈME GRISETTE.

Dis donc, toi, veux-tu taire ton bec; que mon Périclès est
caporal dans sa section!

PREMIÈRE ET TROISIÈME GRISETTES, riant.

Ah! son Périclès!

GARAT, les séparant.

Pas de querelles intestines! Et puisque cette jolie main s'offre à faire la perquisition...

DEUXIÈME GRISETTE.

Pardi!.. c'est de bonne guerre!.. Où ça, la poche?.. Celle-là qui bâille?

GARAT.

Oui!

DEUXIÈME GRISETTE, tirant de la poche de Maxime un mouchoir.

Est-ce ça?

GARAT.

Faites passer! (La première grisette passe l'objet à la seconde qui le passe à la troisième, qui le donne à Garat.) Un mouchoir! Il est comme tous les autres... Non! (Il rend l'objet. — Même jeu pour le remettre.)

PREMIÈRE GRISETTE, passant à la troisième un carnet que la seconde vient de tirer de la poche de Maxime.

Ça?

GARAT, regardant.

Voyons!... Un carnet... ordinaire. (Il le rend et le redemande tout de suite.) Ah! mais, pardon, donnez, donnez!...

TROISIÈME GRISETTE, lui rendant le carnet.

Voilà!

GARAT.

Un écu coupé en deux! Parbleu! oui, ce doit être l'objet! (La grisette remet le carnet dans la poche de Maxime, qui se lève brusquement.)

MAXIME, à lui-même, pliant le papier.

La! maintenant... je suis tranquille. (Il va frapper à la porte du fond.)

GARAT.

Et moi aussi! (Il met le demi-écu dans sa poche.)

MAXIME, à Garat.

A demain! (Il ouvre la porte du fond.)

GARAT, lui tendant la main.

Bonne chance!

MAXIME.

Merci! (Il sort.)

SCÈNE XI.

GARAT, LES TROIS GRISETTES.

LES GRISETTES.

Ah! nous allons sortir!

GARAT.

Sortir! — Tiens! elles ont raison! Le fait est qu'il est temps de sortir! Et cet animal de Vestris qui ne revient pas!

Mais répondez donc!

GARAT.

Quoi?

PREMIÈRE GRISETTE.

Ah çà! voulez-vous nous ouvrir, à la fin, Gascon?

GARAT.

Gascon!.. Elle l'a trouvé!.. De Bordeaux, ma mie, de Bordeaux! (Vacarme dehors.)

SCÈNE XII.

LES PRÉCÉDENTS, CATILINA, THÉMISTOCLE, UN PORTEUR D'EAU, UNE MARCHANDE DE LA HALLE, avec sa hotte pleine de pommes de terre, UN ENFANT, avec un violon, puis LÉONIDAS, VESTRIS, POTIRON, etc.
(Bataille à la porte du fond, pour faire entrer le porteur d'eau et la marchande qui résistent.)

CINCINNATUS, CATILINA, THÉMISTOCLE ET SOLDATS.
Vos cartes!

LE PORTEUR D'EAU, leur jetant son eau.
Tiens! la voilà, ma carte, fichtra!

LA MARCHANDE, leur jetant ses pommes de terre.
Et la mienne!

LES GRISETTES.
Bravo!.. Bataille!.. (Elles s'emparent d'un banc. — Le petit court cacher son violon sous le manteau de la cheminée.)

GARAT.
En avant!

CATILINA, CINCINNATUS, THÉMISTOCLE.
A nous, capitaine!

LÉONIDAS, entrant avec son tablier d'épicier et ses manches.
Aux armes!.. (Tambour. — Vestris dégringole de la cheminée dans un nuage de suie, tout noir, sa cravate attachée autour du corps... et l'habit encore engagé dans la cheminée.)

VESTRIS, au milieu de la scène.
Ah! povero!.. Quelle choute!

GARAT.
Pile ou face?

VESTRIS.
Comment! vous, lui! encore? Où souis-je? Le corps de garde! Ah!

LÉONIDAS.
Ah çà, d'où sort-il, celui-là?

VESTRIS, sans bouger.
Pardiou! vous le voyez bien, d'où je sors! (A Garat.) Ah! vous m'y reprendrez, vous! Oune fois là-haut, je tourne pendant oune heure, pour trouver oune issoue le long dou

mour... ancoune, que le toube de la gouttière... Après moûre réflexion, je me dis : Voilà oune cheminée qui doit être celle d'oune maison voisine... tou vas accrocher ta cravate à ta ceintoure, et ton habit au chapeau de la cheminée, et tou te laisseras glisser par l'orifice comme les foumistes!.. mollement, mollement!.. Ah! je t'en moque!.. Je ne souis pas plous tôt dedans que le pied me glisse... et rabadagabada!.. bouf!.. Voilà Joupiter dans oun nouaze... mais de souie, un nouaze de souie!

LÉONIDAS, aux soldats.

Jupiter!.. connais pas!.. Arrêtez Joupiter!

VESTRIS.

Ah! que tou me fais de peine, toi!.. m'arrêter!.. C'est au milieu de ma choute qu'il fallait m'arrêter... et non maintenant, que je ne pouis remouer ni pied ni patte!.. (Il se lève, et on aperçoit son pied passé à travers le violon du petit.)

LE PETIT, criant.

Ah! mon violon! mon violon à son pied.

VESTRIS, stupéfait.

Un violon!

GARAT.

C'est ma foi vrai! il l'a pris pour un sabot.

LE PETIT, frappant Vestris avec le violon.

Ah! mon père va me battre. Oh! la, la! grand lâche, va! Veux-tu me payer mon violon!

VESTRIS, se garant.

Eh bien! Quelle fourie, ce petit!

DEUXIÈME GRISETTE.

Mais il a raison, ce petit; paye-lui son violon, grand dindon!

TOUS LES AUTRES.

Oui, qu'il paye!

GARAT.

C'est trop juste! paye!

LÉONIDAS.

Paye!

VESTRIS.

Et paix! vous-même! Laissez-moi le temps de tirer ma bourse, donc! (Il tire sa cravate de la cheminée et l'habit qui vient à la suite.)

GARAT, à part.

Ah çà! mais en voici bien d'une autre! Et pour sortir maintenant, sans papiers! Ah! cadédis! quelle idée! pourquoi pas? (Au petit.) Petit! combien l'estimes-tu ton stradivarius.

LE PETIT.

Vingt francs.

VESTRIS, fouillant dans la poche de son habit.

Oh!

GARAT, *lui imposant silence.*
Oh ! il vaut bien vingt sous.

LE PETIT.
Oh !

VESTRIS.
Et encore !

GARAT, *au petit.*
Mais le seigneur Vestris ne veut pas marchander.

VESTRIS, *se récriant.*
Non, je ne marchande pas, tiens ! (*Il tend des assignats au petit.*)

LE PETIT.
Un assignat ! de la belle monnaie ! Ça ne vaut pas dix sous, ces chiffons.

GARAT.
Vous entendez, signor Vestris.

VESTRIS, *reprenant l'assignat.*
Il refouse ! Oh ! fortoune, je n'ai que dou papier sur moi !

LE PETIT, *criant.*
Ah ! grand bandit ! il me fera donner des coups ! Veux-tu me donner de l'argent !

TOUS, *menaçant Vestris.*
Oui, oui, de l'argent.

VESTRIS.
Eh ! je n'en ai pas.

TOUS, *le bousculant.*
De l'argent !

GARAT, *à part.*
Nous y voilà ! (*Haut.*) Citoyens et citoyennes, vous le voyez, mon ami Vestris n'a pas d'argent, et je suis dans le même cas que lui. Voilà donc un pauvre enfant qui sera cruellement battu ce soir en rentrant ! (*Bas et pinçant le petit.*) Crie donc !

LE PETIT, *criant.*
Oh !

GARAT.
Assez ! (*Haut.*) Vous l'entendez. Citoyens ! je fais appel à votre sensibilité ! (*Ils se détournent.*) Oui, vos cœurs m'ont deviné, il s'agit d'une quête !

TOUS, *à eux-mêmes.*
Merci !

GARAT.
Et pour récompenser ce fraternel empressement, avec la permission de M. le capitaine, je vais donner au bénéfice du pauvre petit... un concert.

TOUS, *haussant l'épaule et riant.*
Oh !

GARAT.
Un concert où chantera par extraordinaire et pour cette fois seulement...

TOUS, de même, riant.

Oh ! oh !

GARAT.

L'illustre Garat !

TOUS, se retournant.

Garat !

GARAT; saluant.

Que j'ai l'honneur de vous présenter

LÉONIDAS.

Garat ! le fameux Garat ! toi !.. Allons donc ! ta carte.

GARAT, montrant sa gorge.

Elle est ici, capitaine.

LÉONIDAS.

Suffit ! Je m'y connais ; chante seulement, je vais bien voir.

TOUS.

Oui ! oui, nous allons bien voir.

GARAT.

Vous allez bien voir ! *L'Aumône à Minuit !*

TOUS, avec curiosité.

Ah !

CHANT.

Musique de M. Eugène Déjazet.

PREMIER COUPLET.

Sous vos balcons, beautés joyeuses,
Pauvre vieillard, je viens la nuit.

TOUS.

Il vient la nuit !

GARAT.

Je viens la nuit,
Tra la la, etc.

Chante pour ces jeunes danseuses,
Le bal commence, il est minuit.
Chante pour ces jeunes rieuses ;
Chante fort, mais pleure sans bruit.
Donnez, donnez, mains généreuses ;
Le pauvre a froid, a faim, il est minuit.
Tra la la, etc.
Soyez bonnes et généreuses,
Le pauvre a faim, il est minuit.
Riez, dansez, soyez heureuses,
A minuit !

(Pendant le second couplet, le petit fait la quête.)

DEUXIÈME COUPLET.

Sous ton balcon, beauté joyeuse,
Va-t-il chanter toute la nuit ?
Tra la la, etc.

TOUS.

Toute la nuit ?..

GARAT.

Toute la nuit.....
Non, car plus loin une amoureuse
Attend son amant à minuit.
Vois son ombre mystérieuse
Ouvrir la fenêtre sans bruit,
Et sa main blanche et généreuse
Laisse tomber l'aumôn' que Dieu bénit.
Tra la la, etc.
De votre amant, belle amoureuse,
J'entends le pas qui retentit.
Merci, merci, soyez heureuse,
A minuit!

TOUS.

Bravo !

LE PETIT.

Quinze francs, quelle chance !

GARAT.

Eh bien et le capitaine ? Allons donc, le capitaine.

LÉONIDAS.

Oh ! moi ! je donne le reste ! Car c'est bien Garat, le grand
Garat.

TOUS.

Oui !

LÉONIDAS.

Citoyen Garat ! la patrie te rend la liberté.

TOUS.

Vive Garat !

GARAT, à part.

Allons, le moyen est toujours bon ! (Haut.) Et maintenant
que le cœur est satisfait, du vin, c'est moi qui paye !

TOUS.

Bravo!

GARAT, à Vestris, à part.

Attention là ! le petit Augouste ! Et tandis que je sortirai
par la grande porte, tu vas filer par la petite.

VESTRIS.

La petite? Et la clef? où est la clef? je ne vois pas la
clef.

GARAT, regardant le trousseau qui est pendu à la ceinture de Catilina.
Je la vois, moi.

VESTRIS.

Où ça ?

GARAT.

Chut ! laisse-moi faire ! (Haut.) Allons ! un refrain joyeux
pour célébrer la générosité de messieurs les militaires, avec
fifre et tambour. Où est le tambour ?

POTIRON.

Présent !

GARAT.

Et le fifre ? Qui joue du fifre ?

CATILINA.

Moi !

GARAT.

Ici le fifre ! Et attention là, je conduis l'orchestre.

Air de M. Eugène Déjazet.

TOUS.

Rapataplan,
Beau militaire,
Rapataplan,
Toujours chantant,
Sachons aimer et sachons plaire,
Rapataplan,
Tambour battant !
Rapataplan,
Il est   } vraiment,
Je suis }
Rapataplan,
Le dieu du chant !

(Garat et Vestris sur l'avant-scène. Catilina au milieu d'eux, tandis qu'on boit au fond.)

GARAT ET VESTRIS.

De Pluton et de sa colère,
Un chanteur triompha, dit-on,
Pour narguer diables et cerbère.

(Vestris verse à boire à Catilina. Garat décroche le trousseau de clefs de la ceinture de Catilina et le passe à Vestris, qui le donne à une des grisettes.)

Dieu nous a donné la chanson !

(La grisette va ouvrir la porte sans être vue.)

TOUS, répétant.

Pour narguer... etc.

GARAT, à Catilina.

Chante, chante, camarade,
Chantons la gloire et l'amour.

TOUS.

Et pour couronner l'aubade,
En avant, fifre et tambour !

VESTRIS, aux grisettes.

En route Joupiter et les trois Grâces ! (Il traverse avec elles et passe à la petite porte.)

TOUS.

En triomphe ! (Garat s'assied sur la table qu'on place sur deux fusils et on l'emporte en triomphe. Vestris et les grisettes attendent que le cortège ait défilé devant eux pour sortir.

Rapataplan,
Jusqu'à sa porte,
Rapataplan,
Marchons gaîment !

Rapataplan,
Et qu'on l'emporte,
Rapataplan,
Tambour battant!

TOUS.

Vive Garat ! (La toile tombe.)

ACTE DEUXIÈME.

Le salon de madame Duhamel : ameublement à la grecque. A gauche, premier plan, porte de la chambre à coucher; deuxième plan, guéridon; troisième plan, pan coupé, porte de la salle à manger. Entrée au fond. A droite, premier plan, porte; deuxième plan, clavecin, pan coupé, fenêtre.

SCÈNE PREMIÈRE.

MADAME DUHAMEL, PHAR.

PHAR, sur un tabouret à gauche, devant madame Duhamel, et lui tendant un écheveau de soie qu'elle dévide. Il soupire.

Ah!..

MADAME DUHAMEL.

Vous soupirez, monsieur Phar?

PHAR.

Ah! madame Duhamel, depuis la mort de mon excellent ami Duhamel, votre époux... les avez-vous comptés les soupirs que j'ai poussés tous les jours, à quatre heures et demie, en tenant vos écheveaux de soie?

MADAME DUHAMEL, achevant de dévider.

Cela vous ennuie?

PHAR.

M'ennuyer!.. Dites que c'est le seul moment heureux... (il se relève avec une crampe.) Ah! le seul moment heureux de ma journée. Mais comment ne pas soupirer à la pensée des beaux jours que votre amour aurait pu me tisser avec la soie de tous ces écheveaux!

MADAME DUHAMEL.

Ah! seigneur Dieu! qu'est-ce que c'est que cette vieille idée-là?.. Vous pensez encore à m'épouser?

PHAR.

Si j'y pense!.. Plus que jamais!.. Car enfin, voyons, expliquez-moi vos rigueurs : je suis encore jeune et vert; je possède, au coin du boulevard et du faubourg Montmartre, le plus bel hôtel de Paris... un hôtel qui porte mon nom, et qui s'est appelé comme moi, tour à tour, de *Saint-Phar*, avant la révolution... *Saint-Phar*, en 90, quand on a supprimé la particule... *Phar*, en 95, quand on a supprimé les saints, et qui finira, si l'on supprime les arts, par s'appeler *Ph...* tout court. Eh bien, ni ce magnifique immeuble, ni mes avantages personnels, ni ma constance, rien!.. rien n'a le pouvoir de vous attendrir!.. Depuis six ans...

MADAME DUHAMEL.

Six ans !

PHAR.

Pas moins! Comptez! Ma première demande et votre premier refus datent du 14 juillet 1789, prise de la Bastille!

MADAME DUHAMEL * (1).

C'est vrai, je m'y vois encore.

Air de *l'Apothicaire.*

A genoux, et des fleurs en main,
Vous me disiez d'un air fort tendre...

PHAR.

« Rallumez les feux de l'hymen! »

MADAME DUHAMEL.

Et j'allais peut-être me rendre...

PHAR.

Lorsqu'un grand cri frappe les airs,
La Bastille est mise au pillage!

MADAME DUHAMEL.

Le jour où l'on brisait nos fers,
Pouvais-je me mettre en ménage. } *bis.*

PHAR.

Enfin, je me dis, pour me consoler, on ne prend pas tous les jours une Bastille, je repasserai, et je repasse.

DEUXIÈME COUPLET.

Un mois après, toujours fleuri,
A vos yeux, j'ose reparaître,
Je m'offre encore pour mari.

MADAME DUHAMEL.

Et j'allais consentir peut-être.

PHAR.

Mais quel fracas! c'est sur le quai
Les *Droits de l'homme* qu'on proclame...

MADAME DUHAMEL.

Et je vous réponds; j'attendrai
Qu'on proclame ceux de la femme. } *bis.*

PHAR.

Encore un refus!

(1) Les parties du dialogue, qui sont placées entre les astérisques, sont supprimées à la représentation.

MADAME DUHAMEL.

Me marier au milieu du bruit, jamais!.. et puis, c'est vous qui étiez cause de tous ces événements-là.

PHAR.

Moi!

MADAME DUHAMEL.

Certainement! Vous n'aviez qu'à vous présenter avec votre bouquet, je me disais : Bon!.. encore un changement de gouvernement! Ça n'a jamais manqué!

PHAR.

Mais aujourd'hui, aujourd'hui que nous commençons à respirer.

MADAME DUHAMEL*.

Aujourd'hui, voulez-vous que je vous parle franc?

PHAR.

Si je le veux!

MADAME DUHAMEL.

Eh bien, monsieur Phar... vous me plaisez!

PHAR.

O ciel! Cet aveu !..

MADAME DUHAMEL.

Oui, vous me plaisez! Car enfin, le temps, l'habitude, n'est-ce pas... on finit par trouver les gens beaux et spirituels, malgré soi!.. Mais une chose à laquelle je ne m'habituerai jamais...

PHAR.

C'est?..

MADAME DUHAMEL.

C'est à m'appeler madame Phar!

PHAR.

Quoi, vous trouvez que c'est un nom?..

MADAME DUHAMEL.

Au contraire, je trouve que ce n'en est pas un. Madame Phar... madame Phar... qui? madame Phar... quoi?.. Enfin, arrangez-vous comme il vous plaira, mais je vous déclare que je ne vous épouserai que pour m'appeler madame de Saint-Phar!

PHAR.

Votre main est à ce prix?

MADAME DUHAMEL.

Oui.

PHAR.

Eh bien, aujourd'hui, Madame, aujourd'hui même, j'aurai reconquis le nom de mes ancêtres!

MADAME DUHAMEL.

Comment?

PHAR.

N'avez-vous pas à dîner le secrétaire de Barras, M. Deshoulières?..

MADAME DUHAMEL.

Oui, avec cette demoiselle Cléopâtre qu'il donne partout
pour sa femme, et qui ne l'est qu'à moitié... Mais il est tout-
puissant, et je n'ai pu me dispenser d'inviter sa dame avec lui.

PHAR.

Eh bien, je lui présenterai ma requête, et par son crédit...

MADAME DUHAMEL.

Comptez-y!.. Un homme si sec, si froid!.. On ne sait pas
d'où ça sort, et c'est plus fier...

PHAR.

Bah! au dessert, dans l'intimité, à nous quatre.

MADAME DUHAMEL.

Comment, nous quatre? Mais j'ai aussi, à dîner, M. et madame Camusot de La Luzerne!

PHAR.

Le fournisseur de foin pour la cavalerie?

MADAME DUHAMEL.

Oui, un fournisseur millionnaire, un parvenu! Cela vient
d'acheter à vil prix l'ancien hôtel du comte d'Angennes, pour
y donner des fêtes qui font courir tout Paris!.. Celle d'hier,
entre autres, qui était merveilleuse!..

PHAR.

En fait de *merveilleuse*, j'ai vu sa femme, une jolie personne...

MADAME DUHAMEL.

Oui, mais si languissante, si ennuyée... et si ennuyeuse
avec ses éternelles vapeurs... Encore une qui fait des manières,
comme si tout le monde ne savait pas ce qu'elle a été! Mademoiselle Manon, la couturière; ça fait pitié, ma parole d'honneur!

LE VALET, annonçant.

M. et madame Camusot de La Luzerne!

SCÈNE II.

LES PRÉCÉDENTS, CAMUSOT, AMARANTHE.

MADAME DUHAMEL.

Ah! chère belle... j'étais en peine de vous!

AMARANTHE, languissamment.

Ah! ma toute bonne, il faut vraiment que ce soit vous pour
que je me dérange. Cette fête m'a tellement fatiguée... j'ai
une envie de dormir... et avec cela mes vapeurs!..

CAMUSOT.

Sans doute, les vapeurs sont à la mode, nos grandes dames
ont toutes des vapeurs... Amaranthe ne pouvait pas se dispenser d'avoir...

AMARANTHE, lui imposant silence d'un coup d'éventail.

Assez! (Elle ôte sa pelisse.)

MADAME DUHAMEL.

Ah! quelle toilette!

AMARANTHE.

Oui, la mode la plus nouvelle. C'est athénien.

CAMUSOT.

Ça s'appelle un *péplum*. Ah! ça m'a coûté assez gros!.. Combien croyez-vous que je l'ai payée, tenez, cette étoffe-là?

AMARANTHE, même jeu de l'éventail.

Assez! (Languissamment.) Vous m'avez dit que nous danserions ce soir.

MADAME DUHAMEL.

Oh! entre amis seulement. Je ne donne pas des soirées comme vous, moi... votre bal de cette nuit surtout.

CAMUSOT.

En voilà encore une fête qui m'a coûté les yeux de la tête!

MADAME DUHAMEL.

C'était splendide!

AMARANTHE.

Oui, je me suis bien ennuyée.

CAMUSOT.

Merci... une fête qui m'a coûté...

AMARANTHE, même jeu.

Assez !

MADAME DUHAMEL.

Vous ne vous asseyez pas, chère belle?

AMARANTHE.

Est-ce que vous n'avez pas un lit de repos... à l'antique, chère dame? je m'y étendrais en attendant le dîner.

CAMUSOT.

Comment, vous voulez?

AMARANTHE, vivement.

Assez donc !..

MADAME DUHAMEL.

Ici!.. dans ma chambre à coucher...

AMARANTHE.

Ah! merci !.. Je suis si faible, si faible !.. (Bousculant son mari.) Mais soutenez-moi donc, vous !

SCÈNE III.

PHAR, CAMUSOT, puis MADAME DUHAMEL.

PHAR.

Comment... elle va se coucher!.. Eh bien ! et dîner?.. et dîner?.. Je ne dîne pas de vapeur, moi!

CAMUSOT, revenant.

Bah ! nous avons le temps; voici l'heure exacte! (Il tire une de ses montres.) Six heures trente-cinq. (Autre montre.) Sept heures trois quarts. (Autre montre.) Cinq heures dix. (Quatrième montre.) Midi!

PHAR.

Eh bien, c'est commode, au moins; on a le choix !

CAMUSOT, stupéfait.

Midi!.. Il faut qu'elle se soit arrêtée ! C'est pourtant une
montre qui m'a coûté bien cher. Combien croyez-vous qu'elle
m'a coûté, cette montre-là ?

MADAME DUHAMEL, revenant.

Chut !.. elle s'endort !

CAMUSOT.

Ma femme ?.Voici son occupation toute la journée:.tenez!..
dormir ou m'adorer : car elle m'adore, Amaranthe, sans en
avoir l'air.

MADAME DUHAMEL.

Le fait est qu'elle n'en a pas...

CAMUSOT.

Elle en a pour une heure!..

PHAR.

Comment, une heure! mais j'ai faim, moi ?

CAMUSOT.

Eh bien, nous dînerons sans elle : voilà tout !

MADAME DUHAMEL.

Par exemple !

CAMUSOT.

Ah ! ne dites pas par exemple : si on la réveillait, elle cas-
serait tout... Je la connais, Amaranthe; je m'y suis fait
prendre l'autre jour, et j'en ai été pour dix mille francs... de
porcelaines.

MADAME DUHAMEL.

Bonté divine!.. qu'elle dorme jusqu'à demain, si elle veut !

CAMUSOT.

Ajoutez à cela, la fatigue de ce bal et l'ennui...

MADAME DUHAMEL.

L'ennui!

CAMUSOT.

Sans doute !.. une contrariété ! une déception... Vous n'a-
vez pas remarqué ce qui manquait à ma soirée.

MADAME DUHAMEL.

Non !

CAMUSOT.

Il y manquait Garat.

MADAME DUHAMEL.

Le chanteur ?

PHAR.

Le fameux chanteur !

CAMUSOT.

Dites un fat! un impertinent!.. à qui j'envoie mon valet de
chambre pour discuter son prix; car il prend très-cher, ce
monsieur, pour chanter ses chansons.. et savez-vous ce qu'il
a le front de répondre à mon laquais, ce drôle-là ?

PHAR.

Qu'est-ce qu'il répond ?

CAMUSOT, imitant le parler de Garat.

« Dites a vote maîte qu'il penne la peine de veni discuter son pix en pésonne; » car il paraît que ce monsieur ne se donne plus la peine de prononcer les R!..

MADAME DUHAMEL.

Non, mais il les chante !

PHAR.

Oh ! c'est un calembour !

CAMUSOT.

Charmant! charmant! Du reste il a mis ce langage à la mode; nos incroyables ne parlent plus autrement. Mais comprenez-vous cela?.. ce chanteur qui se permet de répondre de la sorte !..

MADAME DUHAMEL.

A un fournisseur de foins !

CAMUSOT.

A un fournisseur de foins!..

MADAME DUHAMEL.

Ma foi! j'en suis bien fâchée!.. moi qui ne l'ai jamais ni vu, ni entendu!

PHAR.

Ni moi!..

CAMUSOT.

Mais ni moi!.. Et figurez-vous bien que je n'y tiens pas du tout!.. à quoi ça sert-il, le chant?

PHAR.

Oui, à quoi? A la bonne heure le foin !

CAMUSOT.

Parbleu !

MADAME DUHAMEL.

Au moins, ça se mange.

CAMUSOT.

C'est clair, ça se mange!.. Ainsi, moi, par exemple...

GARAT, dans la coulisse.

Qu'est-ce que c'est? qu'est-ce que c'est... manants?..

TOUS TROIS, surpris.

Cette voix !

LE VALET, à la porte.

Madame!.. c'est un jeune monsieur qui veut entrer à toute force, sans dire son nom...

MADAME DUHAMEL.

Comment ! sans dire son nom?..

LE VALET.

Non, Madame!.. Tenez ! tenez! le voilà!..

LES DOMESTIQUES, criant à Garat.

Qui êtes-vous?

SCÈNE IV.

LES PRÉCÉDENTS, GARAT.

GARAT, parlant en incroyable en supprimant les R.

Comment!.. comment! qui je suis?.. Ces laquais sont d'une impertinence!.. c'est incroyable... parole d'honneur!..

MADAME DUHAMEL.

Mais, Monsieur... ils ont raison... qui êtes-vous?

GARAT.

Qui je suis, adorable dame... qui je suis?..

Air des *Visitandines.*

Enfant chéri des dames,
Je suis en tous pays :
Fort bien avec les femmes,
Mal avec les maris...

MADAME DUHAMEL.

Mais, Monsieur...

GARAT, continuant.

Toujours épris de nouveaux charmes,
A vingt beautés je fais la cour;
Indifférent aux regrets comme aux larmes,
Je les adore tour à tour.
Toujours épris de nouveaux charmes,
Je vole et ne m'arrête pas:
Pourquoi ne pas rendre les armes
Quand je vois de nouveaux appas?

CAMUSOT ET PHAR.

Mais...

GARAT, de même.

La blonde est si charmante!
La brune est si piquante!
A chaque instant l'amour me dit tout bas :
Enfant chéri des dames,
Sois en tous les pays... etc.

MADAME DUHAMEL.

Il chante comme un ange, mais enfin, ce n'est pas répondre cela!

PHAR ET CAMUSOT.

Sans doute, ce n'est pas répondre!..

MADAME DUHAMEL.

Dites-nous, au moins...

GARAT, à madame Duhamel.

Ah! je vous devine!.. Oui... parole parfumée... je vous devine... à ces éclairs de vos yeux... charmants... langoureux!...

MADAME DUHAMEL, minaudant.

Ah!..

GARAT.

Vous êtes surprise!..

MADAME DUHAMEL.

Surprise?

GARAT.

Oui, surprise de me voir seul, sans mon ami...

MADAME DUHAMEL.

Non!

GARAT, lui baisant la main.

Oh si!..

MADAME DUHAMEL.

Mais, non!

GARAT, de même.

Ah si!.. Mais il est venu, il est là dans le jardin!.. Un signe... et il monte .. déesse!... il monte jusqu'à vous !.. (il
court à la fenêtre et fait signe sur le quai avec son mouchoir pendant l'aparté
suivant.)

CAMUSOT, à madame Duhamel.

Ah çà! mais, qu'est-ce que c'est que ça?

MADAME DUHAMEL.

Mais je n'en sais rien !

PHAR.

Vous n'avez jamais vu ce monsieur?

MADAME DUHAMEL.

Mais jamais de la vie!

GARAT, appelant.

Psit!.. psit!..

CAMUSOT, le lorgnant.

Il est bien mis!.. Voilà un habit qui a dû coûter...

PHAR.

Et de bonnes manières !

MADAME DUHAMEL.

Et s'exprimant si bien!..

GARAT, de même.

Par ici!.. par ici !...

PHAR.

Ah! s'exprimant très-bien... excepté les R... Il a une façon
d'escamoter les R...

CAMUSOT.

Eh bien, comme ce monsieur dont vous parliez tout à
l'heure...Qu'est-ce que je vous disais?.. c'est la mode!

GARAT, à la fenêtre.

Allons donc, paresseux! allons donc!

CAMUSOT.

Comment ! l'autre monte aussi!

MADAME DUHAMEL.

Mais est-ce que je sais, moi!

CAMUSOT.

Mais il faut le chasser!

GARAT, redescendant.

Et !... Plaît-il? Monsieur parle de me chasser ?

CAMUSOT.

Monsieur...

GARAT.

Il suffirait pour cela du visage de Monsieur, et sans l'invitation de Madame.

MADAME DUHAMEL.

Comment, mon invitation?

GARAT.

Que j'ai reçue à temps... heureusement, heureusement... au moment d'en accepter une autre...

MADAME DUHAMEL.

Mais je...

GARAT.

Ai-je besoin de vous dire que je vous ai donné la préférence?

MADAME DUHAMEL.

Merci! je...

GARAT.

Ah! ne me remerciez pas!... C'est tout naturel... tout naturel... tout naturel...

SCÈNE V.

LES PRÉCÉDENTS, VESTRIS.

VESTRIS, entrant avec deux saluts magnifiques.

Mais certainement... certainement...

PHAR.

Ah! bien, voici la paire!..

GARAT.

Cher! très-cher !.. la divinité de ce temple, madame Duhamel!..

VESTRIS.

Arrêtez! mon cœur l'a devinée parmi ces trois personnes!.. (Saluant madame Duhamel.) C'est Madame!..

MADAME DUHAMEL, à Vestris, tandis que Garat remue tous les cahiers de musique sur le clavecin.

Ah çà! Monsieur, finissons, est-ce une comédie?

VESTRIS, à part.

Hélas! Madame, un infortuné fils de famille, dont je souis le gouverneur, et que la passion de la mousique...

PHAR.

Ah! parbleu! je m'en doutais!

VESTRIS.

Hélas! oui... il a le cerveau un peu...

CAMUSOT.

Fêlé?

VESTRIS.

Oh ! étoilé, étoilé seulement !

MADAME DUHAMEL.

Ah ! pauvre jeune homme !

VESTRIS.

Et sa manie, Madame, sa manie, c'est de se croire invité à
dîner dans la première maison qui se présente !

MADAME DUHAMEL.

Comment, à dîner ?... Mais c'est ridicule, cette manie-là !

PHAR ET CAMUSOT.

C'est odieux !

MADAME DUHAMEL.

Faites-lui comprendre !

GARAT.

Inutile, Madame ; vous avez raison !

MADAME DUHAMEL.

Ah ! on dirait qu'il a un moment lucide !..

GARAT.

Agréez mes excuses, je vous en prie... ce sera pour une
autre fois.

MADAME DUHAMEL.

C'est ça, pour une autre fois ! (A Phar.) Ah ! il part !.. (Soupir de soulagement.)

GARAT.

Aujourd'hui, vous comprenez... pris au dépourvu, je n'ai
pu amener que Monsieur... Mais rassurez-vous ; oh ! rassurez-vous, nous allons dîner pour quatre ! (Il va au clavecin et
parcourt les cahiers de musique.)

MADAME DUHAMEL, stupéfaite.

Comment... pour quatre !.. Il reste !.. (A Vestris.) Vous
restez ?..

VESTRIS.

Au nom du ciel ! Madame, flattez sa manie !.. flattez-la, ou
il aura une crise épouvantable !

MADAME DUHAMEL.

Ah ! mais je m'en moque !

VESTRIS.

Chut !.. il va chanter !... Il chante !

GARAT.

Air du *Médecin turc.*

J'aime beaucoup les tourterelles,
J'aime beaucoup les tourtereaux,
Tra la la, etc.
Les tourterelles sont fidèles,
Fidèles comme les tourtereaux,
Tra la la, etc.

MADAME DUHAMEL, VESTRIS.
Ah ! c'est charmant,
C'est ravissant !
PHAR, CAMUSOT.
Esprit absent,
C'est évident !
GARAT.
Soyons toujours, auprès des belles,
Amoureux comme les tourterelles,
Tra la la.
VESTRIS, PHAR, CAMUSOT, MADAME DUHAMEL.
Ah! c'est charmant, etc.
(Garat, après le chant, s'assied tranquillement au clavecin.)
MADAME DUHAMEL.
Ah ! ma foi, il me tourne la tête, à moi... Avec sa jolie voix, ses jolis yeux... je ne sais plus où j'en suis.
CAMUSOT.
Comment, vous souffririez?..
MADAME DUHAMEL.
Eh ! que voulez-vous que je réponde à cela?
PHAR.
Parbleu ! répondez-lui qu'il est insupportable !
MADAME DUHAMEL.
Ce n'est pas vrai, puisqu'il est charmant!
CAMUSOT.
Un fou !
MADAME DUHAMEL.
Oui, mais une folie si douce, si aimable, qui ne fait que chanter...
PHAR.
Mais, Madame!..
MADAME DUHAMEL.
Ah ! ma foi, tant pis ! je vais faire mettre deux couverts de plus!

SCÈNE VI.

GARAT, VESTRIS, CAMUSOT, PHAR.

CAMUSOT, à Phar.
Eh bien, qu'est-ce que vous dites de ça, vous?
PHAR.
La coquette !..
CAMUSOT.
Voulez-vous que je le fasse partir, moi?
PHAR.
Comment?
CAMUSOT.
Laissez-moi faire!.. (A Garat.) Monsieur!
GARAT, tranquillement.
Monsieur?..

CAMUSOT.

Est-ce que vous vous sentez à votre aise ?

GARAT, le lorgnant.

Mais, parfaitement !.. parfaitement !

CAMUSOT.

Ce n'est pas possible ! Prêtez-moi votre pouls !.. Vous avez
la fièvre !

GARAT.

Vous croyez?..

CAMUSOT.

Parbleu !.. (A Phar.) Voyez-vous !.. il n'y a qu'à leur parler
avec fermeté ! (Haut.) Positivement, il faut aller vous coucher,
mon ami... vous devez vous sentir tout !..

GARAT, se levant.

Tiens ! c'est vrai ; je me sens tout !..

CAMUSOT.

Parbleu !..

GARAT.

Oui, tout... tout disposé à vous jeter par la fenêtre !

CAMUSOT.

Hein ?

GARAT, ôtant ses gants.

Auguste !.. Ouvrez la croisée, mon bon ! que je jette Monsieur dans la rue !..

CAMUSOT, se levant.

Du tout ! du tout ! ne l'ouvrez pas !..

PHAR.

Laissez donc ! il n'a pas seulement la force de vous sou-
lever !

CAMUSOT.

Je vous dis que les fous sont tous forts comme des her-
cules !..

PHAR, effrayé.

Allez donc !.. Vous croyez ?

GARAT.

Par lequel préférez-vous que je commence, Messieurs?..

PHAR.

Comment, par lequel !.. (Repoussant Camusot qui le pousse devant
lui.) Mais voulez-vous bien me laisser, vous !..

CAMUSOT, à Vestris.

Mais, Monsieur ! retenez-le donc !.. votre malade !..

VESTRIS.

Oh ! moi, j'ai ordre de ne jamais le contrarier !..

CAMUSOT ET PHAR.

Sauve qui peut !..(Ils se sauvent.)

SCÈNE VII.

GARAT, VESTRIS.

GARAT. Parler naturel.

Vivat! Vestris... nous sommes dans la place!

VESTRIS.

Grâce à mon courage!

GARAT.

Ah çà! maintenant que ces deux nigauds sont partis, et qu'il ne reste plus que vous, monsieur Vestris, j'espère que vous n'allez pas compromettre notre succès par une tenue indécente?.. et que vous voudrez bien modérer ces grands ronds de bras et de jambes qui vous donnent l'air d'un moulin à vent?

VESTRIS.

Qu'est-ce que j'entends, jouste ciel! une tenoue souspecte!.. moi, Vestris II, professeur de maintien et de belle tenoue dans les salons!.. (Jeté battu ; il fait sauter la corbeille à ouvrage.)

GARAT.

Exemple!..

VESTRIS, courant après les pelottes.

Ce n'est rien! Oune distraction!.. Mais, pouisque nous sommes seuls. dites-moi un peu le bout de cette rouse? Car enfin, vous me faites jouer ici le rôle d'un imbécile! Je joue le rôle d'un imbécile!

GARAT.

Avec un naturel!..

VESTRIS, content de lui.

N'est-ce pas?

GARAT.

Eh bien! de quoi vous plaignez-vous?.. Votre habit était tout gâté, et vous voilà resplendissant comme l'aurore; vous avez cassé un violon; je l'ai payé; vous aviez faim, je vous ai fait inviter à dîner...

VESTRIS, humant l'air.

Et un excellent dîner, si j'en crois ces parfums!.. (Éclatant de rire et frottant les mains.) Ah! ah! ah!.. (Entrechat ; il casse une porcelaine.)

GARAT.

C'est cela!.. Allez donc!

VESTRIS, ramassant la tasse.

Ce mobilier est d'une maladresse inouïe!.. il se trouve toujours dans la circonférence de ma jambe!..

GARAT.

Sandis!.. j'entends parler, cache la vaisselle!

VESTRIS, effrayé.

Où?.. où?..

GARAT.

Eh! dans ta poche!

VESTRIS.

Voilà!.. (Il empoche les débris, et prend une pose élégante.)

SCÈNE VIII.

GARAT, VESTRIS, CLÉOPATRE, en Grecque.

LE LAQUAIS, dehors.

Madame Cléopâtre!

GARAT, à part.

Cléopâtre, serait-ce?..

CLÉOPATRE, entrant furieuse sans le voir.

L'impertinent! le fat!... faire attendre une femme comme moi!.. Quand on pense que je suis aux Tuileries depuis dix heures du matin, et qu'il est deux heures! (Elle jette son châle, etc., en agitant avec colère son bouquet de fleurs d'oranger.)

GARAT.

La fleur d'oranger!... C'est elle!

CLÉOPATRE, descendant sans le voir.

Mais il me le payera! La première fois qu'il chante à Feydeau, je le siffle!

GARAT.

Oh! (Fredonnant.)

Vous êtes belle,
Je n'en disconviens pas;
Mais, pour cruelle,
Vous ne l'êtes pas.

CLÉOPATRE.

Ciel! c'est lui! (Elle tombe évanouie dans les bras de Garat.)

VESTRIS, effrayé par le cri et tombant assis sur les tessons de porcelaine.

Ah!

GARAT, soutenant Cléopâtre.

Cléopâtre!... Ai-je mon flacon?.. J'ai mon flacon!... Cléopâtre! Madame, Mademoiselle! tout ce qu'il vous plaira!... Ah! cadédis! aidez-moi donc, vous! (Il fourre des sels dans le nez de Cléopâtre.)

VESTRIS.

Aidez-moi donc!... c'est facile à dire!... avec ces tessons qui me sont entrés... (Il se lève, les tire de sa poche et les jette dans la corbeille.)

GARAT.

Ah! elle est trop lourde! Cela rentre dans vos attributions... Vestris!... Une et deux. (Il lui jette Cléopâtre.)

VESTRIS, la recevant et se posant comme à l'Opéra.

Voici la pose!

GARAT, lorgnant Cléopâtre.

Sambleu!.. mais... jolie conquête!... Je n'y renonce pas!.. et d'un costume si léger!

VESTRIS, écrasé par Cléopâtre.

Le costoume peut-être... mais la dame:...

CLÉOPATRE, revenant à elle.

Ah!

VESTRIS.

Elle gémit! (Il se met à genoux devant Cléopâtre.)

CLÉOPATRE, passant son bras autour du cou de Vestris qu'elle prend pour Garat.

Ingrat!

VESTRIS, à genoux, devant Cléopâtre.

Elle m'appelle ingrat!

GARAT, l'étendant par terre et prenant sa place.

Pardon! voici la pose! (Il baise le cou de Cléopâtre qui soupire faiblement.)

VESTRIS, assis par terre.

Réveillez-vous, belle endormie!

CLÉOPATRE, bondissant tout à coup.

Oh! c'est indigne!... On ne joue pas un tour pareil à une femme!

GARAT, en incroyable.

Comment un tour! quel tour?

CLÉOPATRE.

Quel tour?.. Le tour du manége que j'ai fait dix fois sans vous voir!

GARAT.

Té! moi aussi, Vénus de mon âme, je l'ai fait dans le même sens en courant! Nous ne pouvions pas nous rencontrer! (Vestris ouvre la bouche avec stupeur en regardant Garat.

CLÉOPATRE.

Ah! c'est vrai!

GARAT, bas.

Parbleu! (À part.) Dieu! qu'elle est bête!... (Haut.) Ah! tigresse! m'accuser au moment où j'accours ici pour vous, pour vous seule... car je ne suis ici que pour vous... chez des inconnus, introduit sans dire mon nom... à force de ruse et de mensonge, parole d'honneur! Demandez à Vestris, si je ne viens pas de mentir!...

VESTRIS.

Oh!... si!

GARAT.

Vous l'entendez?

CLÉOPATRE.

Ah! Garat!... Mais, il y a quelque chose que je ne comprends pas! Comment avez-vous pu me suivre... si vous ne m'avez pas rencontrée!

GARAT, à lui-même.

Tiens, c'est vrai!

VESTRIS, à lui-même.

Tire-toi de là!

GARAT, avec sentiment.

Comment? Peut-elle le demander!

VESTRIS, à Cléopâtre.

Oui, ne le demandez pas, allez!

CLÉOPATRE.

Enfin!

GARAT.

Mais c'est grâce à ces fleurs d'oranger!... J'ai l'odorat si fin!... c'est incroyable!... Demandez à Vestris... Je courais, je courais derrière vous... en aspirant le parfum... du bouquet. Je me disais, elle est là, devant moi!... c'est elle!... Tout à coup, l'odeur change de direction... psit!.. je m'arrête... je hume l'air... je prends le vent... je tiens la piste!...

CLÉOPATRE, l'interrompant.

Oui, mais je ne comprends pas du tout, du tout, comment, en me suivant, vous avez pu arriver avant moi!...

VESTRIS, à part.

Ah! bien! retire-toi de là!

GARAT.

Comment?... Eh bien!... c'est encore le vent!...

CLÉOPATRE.

Le vent?...

GARAT.

Toujours le vent...

Air : *Ni vu, ni connu, j' t'embrouille.*

En suivant
Le vent,
Naturellement
Je me trouvais en arrière;
Mais avec le vent,
Gagnant en avant,
Vous vous trouviez la première...
Toujours courant
Après le vent,
Ma chère,
J'allais devant
En vous laissant
Derrière...
Et voilà comment,
En marchant
Devant,
Vous arrivez la dernière.

CLÉOPATRE.

Ah! mais c'est clair!

GARAT.

Parbleu! (A part.) Décidément, elle est très-bête.

CLÉOPATRE, soupirant.

Ah ! ce n'est pas mon mari qui m'aimerait comme cela !...

GARAT.

Votre mari ? vous êtes mariée ?...

CLÉOPATRE.

Oh ! si peu !...

GARAT.

Son nom ? le nom de ce mortel que je hais !

CLÉOPATRE.

M. Deshoulières !

GARAT.

Le secrétaire de Barras ?

CLÉOPATRE.

Hélas oui ! un tyran ! qui m'a entendu tant de fois prononcer votre nom, qu'il en est jaloux !

GARAT.

Un tyran ! un jaloux ! Il en portera... les peines... Bah ! mettons les peines !..

CLÉOPATRE.

On vient.

GARAT, au clavecin.

Surtout ne me nommez pas.

CLÉOPATRE.

Ah ! je m'en garderai bien !

SCÈNE IX.

GARAT, CLÉOPATRE, VESTRIS, MADAME DUHAMEL, PHAR, CAMUSOT, puis JULIE.

(Camusot et Phar entrent derrière madame Duhamel avec peur.)

MADAME DUHAMEL.

Ah çà ! qu'est-ce que vous me dites donc, vous... qu'il est enragé ?.. il me semble que le voilà bien tranquille !

PHAR, l'arrêtant.

Ne vous y fiez pas !.. Ces fous sont si rusés !

MADAME DUHAMEL, apercevant Cléopâtre.

Eh ! c'est vous qui êtes fou ! Avec vos terreurs, vous m'empêchez de saluer cette chère Madame !.. M. Deshoulières n'est pas là ? (Julie sort de sa chambre. Roulement de voiture.)

CLÉOPATRE.

Je crois que j'entends sa voiture !

JULIE, apercevant Garat.

Monsieur Garat !

GARAT, à demi-voix.

Je vous avais bien dit que je viendrais !

JULIE.

Mais...

GARAT.

Chut !

LE VALET, annonçant.

Monsieur Deshoulières !.. (On ouvre la porte à deux battants.)

SCÈNE X.

LES PRÉCÉDENTS, M. DESHOULIÈRES,

MADAME DUHAMEL.

Eh ! arrivez donc, cher Monsieur... arrivez donc ! Nous n'attendons plus que vous pour nous mettre à table. (Grands saluts.)

DESHOULIÈRES, majestueux.

Les affaires, Madame... le gouvernement !.. l'État !.. la France !.. (Il prise.)

VESTRIS, à lui-même.

Ah ! c'est courieux ! J'ai entendou cette voix quelque part !

GARAT.

Bah !.. (Vestris regarde attentivement Deshoulières en cherchant à distinguer sa figure sous sa cravate.)

MADAME DUHAMEL, descendant avec Deshoulières et lui présentant tout le monde.

Je ne vous présente pas Madame !.. (Elle montre Cléopâtre.)

DESHOULIÈRES, à Cléopâtre.

Je sors de chez mon orfèvre, où j'ai fait emplette, ma déesse, d'un petit bronze antique admirable.

CLÉOPATRE.

Ah !

DESHOULIÈRES.

Est-il besoin de vous dire à qui je le destine, et d'ajouter qu'il est ici précieusement enveloppé du mouchoir que ces mains de fée m'ont brodé ?.. (Il lui baise la main.)

CLÉOPATRE.

Toujours galant !

DESHOULIÈRES.

C'est plus fort que moi ; eh ! eh !..

VESTRIS.

Ah ! c'est courieux ! Où donc ai-je entendou ce rire-là ?

GARAT.

Cherchez bien !

MADAME DUHAMEL, même jeu.

M. Camusot de La Luzerne !.. (Saluts.) M. Phar !.. ci-devant de Saint-Phar !..

PHAR, bas.

Ne serait-ce pas le moment de solliciter?..

MADAME DUHAMEL, de même.

Au dessert... (Haut, présentant Garat.) Monsieur...

GARAT, vivement.

X...

MADAME DUHAMEL.

Et monsieur...

GARAT, présentant Vestris.

Z...

DESHOULIÈRES.

Ah !... (Vestris et Deshoulières se regardent nez à nez.)

VESTRIS, bas à Garat.

Oh ! certainement !.. cette figoure !..

GARAT, vivement.

Eh bien ? (Deshoulières se renferme dans sa cravate.)

VESTRIS, de même.

Seulement la cravate me gêne.

GARAT.

La cravate !.. Nous allons l'ôter !

MADAME DUHAMEL, présentant Julie.

Et ma demoiselle de compagnie, mademoiselle...

JULIE.

Julie d'Angennes !..

TOUS, surpris.

Julie d'Angennes !..

GARAT, à part.

Ah ! maladroite !..

JULIE, à madame Duhamel.

Hélas, oui !.. Madame... Pardonnez-moi de vous l'avoir
caché jusqu'à ce jour ; je suis fille de M. le comte d'Angennes, ancien chambellan du roi !

CAMUSOT, à part.

Le propriétaire de mon hôtel ! (Ici, Garat tire de sa poche un
émigrant, et joue avec sans avoir l'air d'écouter ce qui se dit.)

MADAME DUHAMEL.

Une ci-devant comtesse chez moi !.. Ah ! Mademoiselle !..
me tromper ainsi !

JULIE.

Ne le regrettez pas, Madame !.. car je vous devrai peut-être
le salut de mon père !.. que Monsieur peut rendre à mes
prières.

DESHOULIÈRES.

Moi, Mademoiselle ?

JULIE.

Ah ! il est innocent, Monsieur, je vous le jure.

DESHOULIÈRES, la lorgnant, bas.

Pas mal ! pas mal !.. (Haut.) Certainement, Mademoiselle...
le plaisir... l'avantage d'obliger une personne si charmante,
parole d'honneur !... mais le gouvernement !... l'État !... la
France !... (Il prise.)

JULIE.

Oh ! mon Dieu ! il refuse !

DESHOULIÈRES, plus bas.

Cependant, en faveur de vos charmes...

GARAT, à Vestris.

Attention!

DESHOULIÈRES, bas, à Julie.

Demain matin, chez moi... seule... et si vous êtes aussi bonne
que belle...

JULIE, indignée.

Ah ! (Garat passe entre Julie et Deshoulières, et regarde celui-ci comme s'il
allait le souffleter.)

DESHOULIÈRES, reculant.

Eh! eh! eh bien! mais, Monsieur! mais, Mons... (Garat le
pousse jusqu'au fauteuil, et, là, le prend à la cravate qu'il abaisse en le forçant
à s'asseoir.)

VESTRIS, bas, à Garat, en regardant Deshoulières.

-Eh! c'est Pamphile!

GARAT, de même.

Pamphile!

TOUS.

Mais, Monsieur!..

GARAT, se retournant tranquillement.

Eh bien, quoi donc? quoi donc? (Il chante.)
J'aime beaucoup les tourterelles, etc.

DESHOULIÈRES, stupéfait.

Il aime beaucoup les tourterelles!

MADAME DUHAMEL.

Oui, oui, n'y faites pas attention... il a la tête un peu...

DESHOULIÈRES, furieux.

Il a la tête un peu... il a la tête un peu... Ce n'est pas une
raison pour m'étrangler... Le gouvernement, l'État, la Fr...

LE LAQUAIS.

Madame est servie!..

TOUS.

Ah !

GARAT.

A table! à table! Allons, à table!

Air du *Calife de Bagdad.*

Sautez, bouchons, le vin pétille
Pour tous les cœurs, quels doux instants!..
L'amitié rit... l'esprit babille...
Et l'amour ne perd pas son temps.
Mes chers amis, dans cette vie,
Chacun a son goût, sa folie...
La meilleure est de s'étourdir...
Chantons la table et le plaisir!..

TOUS.

Chantons la table et le plaisir!..
(Tout le monde entre dans la salle à manger.)

SCÈNE XI.

AMARANTHE, seule, en dehors.

Monsieur Camusot! monsieur Camu... (Entrant.) Eh bien,
seule!.. Ah! c'est charmant! Ils sont allés dîner sans moi! Il

me semble que j'ai un peu dormi. Ah ! c'est si bon de dormir !
Plus de vapeurs... plus d'ennui... plus de mari ! Et des rêves !..
des rêves délicieux!.. Tout à l'heure encore... je n'étais plus
madame Camusot de La Luzerne... ni Amaranthe... un nom
ridicule. Non... j'étais Manon, tout simplement, Manon la couturière, comme autrefois... dans ma mansarde, rue des Grès,
avec mon étudiant... Ah! mon gentil étudiant, où est-il, lui
qui chantait comme une fauvette?.. Où est-il, mon Lindor?..
Un joli nom ! mais ce n'était pas le sien. Il cachait le véritable
à tout le monde, même à moi, à cause de son père... un
bourru, qui voulait le rappeler de force, et nous séparer. Eh
bien ! cela s'est fait tout seul ; on n'a jamais pu savoir pourquoi ! Ce que c'est que l'imagination pourtant... Tout à l'heure,
je croyais l'entendre... Quel malheur que ce ne soit qu'un
rêve... Et puis, une voix secrète me disait : « Mais non, ce
n'est pas un rêve ; il est là ; c'est lui... il est revenu, Manon!..
Ton Lindor est revenu, et, avec lui, toute ta gaieté!.. L'entends-tu chanter, comme autrefois, sa romance favorite?.. »

Air de *Julie ou le Pot de fleur* (GRÉTRY).

Sentir avec ardeur
Flamme discrète,
C'est le bonheur
Du cœur.
Entends-tu, brunette,
L'écho qui répète?..

SCÈNE XII.
AMARANTHE, GARAT.

GARAT, entrant par le fond.

Sentir avec ardeur
Flamme discrète,
C'est le bonheur
Du cœur.

AMARANTHE, tombant dans ses bras.

Lindor!

GARAT.

Manon !

AMARANTHE, reculant.

Ah! mais non! non! non! Tenons-nous. J'oublie que je
suis mariée, moi.

GARAT.

Aussi! elles sont toutes mariées! Ah! Manon! nous nous
en passions si bien!

AMARANTHE.

D'abord, Monsieur, je ne m'appelle plus Manon! Je m'appelle Amaranthe!

GARAT.

Ama... Ah! tant pis !

AMARANTHE, à part.

Dieu! qu'il est gentil ! Ah ! qu'il est gentil !

GARAT.

Et cet heureux mari, c'est...

AMARANTHE.

M. Camusot de La Luzerne!

GARAT.

Camusot! le fournisseur qui vient d'acheter l'hôtel d'Angennes; tu as épousé ce...

AMARANTHE.

Ah! mais, dites donc, Monsieur... ce tutoiement...

GARAT.

Mille pardons! (Bas.) Ah! tu fais la merveilleuse... attends!
(Haut, en incroyable.) Ah! vraiment... vraiment... vous avez épousé
ce rustre?.. Eh bien! j'en suis ravi, parole jaune, parole
rouge, parole de toutes les couleurs.., ravi! ravi! ravi!

AMARANTHE, à elle-même, l'imitant.

Avi!.. avi!.. Ah bien! c'est une autre histoire, à présent!

GARAT, de même.

Et... êtes-vous heureuse... chère belle?

AMARANTHE.

Ah! non!..

GARAT, de même.

Oh! c'est ravissant! Nous nous sommes donc retrouvés pour
effeuiller encore quelques roses?

AMARANTHE.

Ah! mais, il m'agace, il m'agace!

GARAT, de même.

Et, si vous le permettez, ravissante Amaranthe...

AMARANTHE, de même.

Amaranthe! Je ne m'appelle pas Amaranthe, d'abord!

GARAT,

Pardon, Amaranthe!

AMARANTHE,

Du tout!

GARAT.

Si! si!.. Amaranthe!

AMARANTHE.

Ah! tiens, appelle-moi Manon.,. tutoie-moi et que ça fi-
nisse!

GARAT, de son langage naturel en lui baisant l'épaule.

Eh! allons donc, mauvaise!

AMARANTHE.

Dites donc... je ne vous ai permis que de me tutoyer...

GARAT.

Je tutoie l'épaule!

MANON.

Si mon mari vous surprenait?

GARAT.

Eh bien! c'est lui qui serait surpris!.. (Il l'embrasse.)

MANON, riant.

Lui qui me croit endormie, avec des vapeurs !..

GARAT, éclatant de rire.

Des vapeurs !.. Toi, des vapeurs !.. Allons donc !

Air : *Où courez-vous, monsieur l'abbé ?*

Quoi! des vapeurs, à vous, Manon?
Quand vous portiez petit jupon...
Je vous vis, belle brune...

AMARANTHE.

Eh bien ?..

GARAT.

Sans vapeur aucune,
Vous m'entendez bien ?

AMARANTHE.

Ah! quels souvenirs !.. Tant d'amour! tant de joie !..

GARAT.

Et pas le seul.. Ah ! le beau temps ! Tout ce qui me reste à vivre, Manon, tout, pour une seule journée d'autrefois !.. Quel soleil en ce temps-là !.. bien plus brillant qu'aujour-d'hui ! Quelles fleurs, bien plus fraîches !.. Et nos diners sur l'herbe !..

AMARANTHE.

Ah ! nos diners sur l'herbe !

GARAT.

Tiens!.. Je vois encore notre chambrette sous les toits : ici mon claveciu; là, ton métier; plus loin, la fenêtre; et au fond... ah! au fond, l'alcôve et ta jolie tête sur l'oreiller... car nous n'en avions qu'un. — Le soleil se lève... nous dormons encore...

Air de *la Garde nationale.*

Du jour
Annonçant le retour,
Sur les toits d'alentour
L'oiseau chante et bavarde...
Malgré
Le rideau bien tiré,
Un beau soleil doré
Inonde la mansarde.
Manon
Rit de mon air grognon,
Et, prenant son jupon,
M'agace et me bouscule ;
Et moi, pestant tout bas,
Je trouve enfin mes bas,
L'un, sous le matelas,
L'autre, sur la pendule.
Quel trésor
Sort de ma lévite?..
Il résonne!.. c'est un louis d'or !
Je m'élance, et le prends bien vite.

Fort surpris qu'il existe encor.
Jour de fête,
On apprête
Ma toilette,
Ton corset ;
Je te lace
Avec grâce,
Et je casse
Le lacet.
On part
Pour le bois de Clamart,
L'un portant un homard,
L'autre un pâté superbe ;
Cachés sous le feuillage vert,
Vive notre couvert !
Avec dessert,
Sur l'herbe !..
Hélas !
La nuit vient à grands pas...
Et ce coucou, là-bas,
Qui part au clair de lune,
A deux places pour nous.
Mais je n'ai que cinq sous.
Mets-toi sur mes genoux,
Et nous n'en paîrons qu'une
Aux grelots
Du coucou qui trotte,
Tu t'endors, malgré les cahots ;
Je te berce et je te dorlotte
Comme un enfant au repos...
C'est le gîte !
Allons, vite,
Ma petite,
Soutiens-toi !..
Mais Madame,
Qui se pâme,
Dit : « Mon âme,
« Couche-moi ! »
Voyant
Que tu dors bravement,
Je vais en faire autant ;
Dieu garde
La mansarde,
Et me donne, après le sommeil,
Ton amour au réveil.
Et lendemain pareil !..
Oui, je m'endormais bravement
Chaque soir, en disant :
Dieu garde
La mansarde, etc.

AMARANTHE.

Ah! c'est cela!.. comme c'est bien cela, mon Dieu!..

GARAT.

Mais aujourd'hui; oh! oh! aujourd'hui, il faut à Madame des équipages, un hôtel magnifique! Et quel hôtel!.. à quel prix! Manon!..

AMARANTHE, confuse.

Oui!.. je sais...

GARAT.

La seule fortune d'un pauvre gentilhomme, la seule dot de sa fille!

AMARANTHE.

Pauvres gens!

GARAT.

Tiens, Manon, il me semble qu'une bonne action ne serait pas de trop pour faire oublier là-haut nos petits péchés!.. Car nous en avons commis... quelques-uns.

AMARANTHE, soupirant.

Ah! à qui le dites-vous!.. Il n'y a pas de jour où je ne regrette mes fautes!

GARAT.

Et moi donc! si je les regrette!..

AMARANTHE.

Mais comment faire?.. Mon mari est un avare qui ne consentirait jamais...

GARAT.

A rendre l'hôtel? Je n'en doute pas!.. Mais à nous deux... avec un peu d'adresse...

AMARANTHE.

Comment?

GARAT.

Madame Camusot est si fine, si...

AMARANTHE.

C'est dit!

GARAT.

Vrai?

AMARANTHE.

Foi de Manon! (Cléopâtre paraît au fond.)

GARAT.

Mais, adieu l'hôtel!

AMARANTHE.

Ah! ma foi, tant mieux!... On n'a pas besoin d'hôtel pour être heureux!

GARAT.

Ni de laquais!

AMARANTHE.

Ni d'équipage!

GARAT, lui ôtant son écharpe.

Ni de parures!

SCÈNE XIII.
GARAT, AMARANTHE, CLÉOPATRE, DESHOULIÈRES, CAMUSOT, MADAME DUHAMEL, PHAR, JULIE.

TOUS.

Ah !..

AMARANTHE.

Ciel !..

CAMUSOT, furieux, à Garat.

Ah ! c'est donc pour ça que vous quittez la table si vite, vous ?

GARAT, riant en incroyable.

Eh bien !... quoi donc !... quoi donc !... J'aime beaucoup les...

CAMUSOT.

Oui, oui, vous aimez les tourterelles, c'est convenu; mais... (A sa femme.) ce n'est pas une raison pour ôter...

AMARANTHE, se rajustant.

Eh bien, quoi ! Monsieur m'a surprise à mon réveil... au moment où je me rajustais...

CAMUSOT.

Et vous ne pouviez pas appeler à l'aide ?

GARAT.

Ah !.. nous n'avions pas besoin d'aide !

CAMUSOT.

Enfin !.. Heureusement, avec un fou...

GARAT.

Oui, ça n'a pas de conséquence, avec un fou !..

CLÉOPATRE, bas.

Monstre, si je disais que vous ne l'êtes pas !..

GARAT, lui montrant le billet.

Et si je montrais ce petit poulet à M. Deshoulières... moi ?

CLÉOPATRE, effrayée.

Voulez-vous ?..

GARAT.

Ah !.. (Il le remet dans sa poche. — Cléopâtre remonte. On sert le café.)

JULIE, bas et vivement, pendant que madame Duhamel sert au fond tout son monde.

Maxime est ici.

GARAT.

Ici !

JULIE, montrant la chambre, à droite.

Caché là !.. On le cherche !

GARAT.

Ah ! le maladroit !

JULIE.

On visite les maisons du quai. — Tout est cerné !

GARAT, à lui-même.

Cerné !.. Alors, il faut qu'il se montre !.. (A madame Deshou-lières, en incroyable.) Chère dame !..

MADAME DUHAMEL.

Monsieur!..

GARAT.

Ah! vous allez être bien contente.

MADAME DUHAMEL.

Moi?

GARAT.

Charmée! charmée!

MADAME DUHAMEL.

Comment?

GARAT.

Vous étiez si contrariée tout à l'heure que nous ne fussions venus que deux à votre invitation... que je viens d'envoyer chercher un de mes amis...

MADAME DUHAMEL.

Un ami!

GARAT.

Oui... oui; ça fait que nous serons trois, maintenant!.. J'espère que vous êtes contente?

MADAME DUHAMEL.

Ah çà! mais, il a la rage d'inviter!

GARAT.

Vous voulez le voir?

MADAME DUHAMEL.

Mais non!..

GARAT, même jeu qu'à la scène trois.

Oh! si!

MADAME DUHAMEL.

Ah! non!

GARAT.

Ah! si! (Courant à la porte de la chambre.) Venez! venez! chevalier!

SCÈNE XIV.

LES PRÉCÉDENTS, MAXIME puis VESTRIS.

GARAT.

Mesdames, je vous présente mon ami, le chevalier Maxime de Ponthieu! (Bas.) De l'aplomb, donc!

MAXIME, à madame Duhamel.

Pardonnez-moi, Madame!

MADAME DUHAMEL.

Comment donc! présenté par un vieil ami comme Monsieur!.. Allons! au jeu! au jeu!

GARAT, à part, à Maxime.

Ah çà! comment diable êtes-vous ici, vous?

MAXIME, de même.

J'ai été reconnu dans la rue, on m'a poursuivi, et je n'ai eu que le temps de me réfugier dans le jardin.

GARAT.

Eh bien! et ce fameux complot qui devait bouleverser...

MAXIME.

Un malheur infernal! Au moment d'entrer, je cherche l'objet qui doit m'ouvrir la porte...

GARAT.

Et vous ne le trouvez pas?

MAXIME.

Non.

GARAT.

Je crois bien, le voilà !

MAXIME.

C'est vous?..

MADAME DUHAMEL.

Jouez-vous, monsieur X?

GARAT, haut.

Oh! moi, Madame, je ne sais faire qu'une chose.

MADAME DUHAMEL.

Quoi donc?

GARAT.

Chanter !

MADAME DUHAMEL.

Ah! mais j'y compte bien, et je vais préparer le clavecin !
(On met le clavecin au milieu du théâtre, une table de jeu à gauche, une autre à droite.)

GARAT, à part.

Bon!.. (A Maxime.) Il faut que dans un quart d'heure nous ayons conquis l'hôtel d'Angennes et sauvé M. le comte!..

MAXIME.

Comment?

GARAT.

Écoutez-moi bien ! Vous allez jouer avec Camusot.

MAXIME.

Tout de suite?

GARAT.

Tout de suite ! à trois mille francs l'enjeu !... argent.

MAXIME.

Trois mille francs ! Je ne les ai pas !

GARAT, lui donnant de l'or.

J'en réponds.

MAXIME.

Et si je perds?

GARAT.

Quitte ou double !

MAXIME.

Mais si je perds encore?

GARAT.

Allez toujours !

MAXIME.

Mais...

GARAT.

J'en réponds, vous dis-je. Allez ! (Apercevant Vestris qui se glisse.

en cherchant à se dissimuler.) Ah ! mon Dieu !... cette figure !...

VESTRIS.

Silence ! ne me perdez pas ! Je viens de commettre un crime.

GARAT.

Un crime !

VESTRIS.

Épouvantable ! Figourez-vous qu'en sortant de table, le dernier... j'ai voulou me dégourdir les jambes... comme cela...
(Il secoue la jambe.) Et j'ai attrapé... devinez quoi ?

GARAT.

La vaisselle ?

VESTRIS.

Non, la perrouche...

GARAT.

La perruche !

VESTRIS.

La perrouche qui me regardait faire sour son bâton !

GARAT.

Ah ! malheureux !.. Si madame Duhamel...

VESTRIS.

Non ! j'étais seul, j'ai caché ma victime !

GARAT.

Où ?

VESTRIS.

Dans un tiroir d'abord ! et pouis... dans le poêle... et pouis
dans le compotier !.. et pouis enfin dans ma poche !.. elle est
dans ma poche !.. J'en ai la soueur, monsieur Garat... J'en ai
la soueur au front.

GARAT.

Chut !

CAMUSOT.

Nous jouons ?

MAXIME, à gauche, avant de s'asseoir.

Trois mille francs, argent !

CAMUSOT, de même.

Trois mille francs ! Peste !

MAXIME.

Vous avez peur ?

CAMUSOT.

Peur ! Allons donc ! Camusot peur !

MADAME DUHAMEL.

Monsieur X... tout est prêt !

GARAT, en incroyable.

A vos ordres, Madame !.. Seulement, veuillez me donner un
miroir ! Je ne saurais avoir la voix claire si le nœud de ma
cravate est un tant soit peu dérangé.

MADAME DUHAMEL.

Quel original ! Tenez, justement ! (Elle lui donne un miroir.)

GARAT.

Merci ! (Bas.) Des yeux pour regarder derrière ! (A Amaranthe en lui montrant la table de jeu.) Manon !

AMARANTHE, bas.

Compris. (Elle passe à la table de jeu, derrière son mari.)

MADAME DUHAMEL, à Garat.

Eh bien ?

GARAT, regardant dans le miroir.

Voilà !.. voilà !.. (Il tousse plusieurs fois comme pour s'apprêter.)

DÉSHOULIÈRES.

Comment, il va chanter, ce fou ! Ah ! ah ! ah ! (Il hausse les épaules et se met à jouer avec M. Phar.)

MAXIME, à Camusot.

Vous avez perdu !

CAMUSOT.

Encore ! Quitte ou double.

GARAT.

Bon ! les voilà en route ! (Il chante.)

Air : *Gasconne.*

Un soir de cet automne,
De Bordeaux révenant,
Je vis nymphé mignonné
Qui s'en allait chantant...
On rit, on jasé, on raisonné,
On s'amuse un moment.

CAMUSOT.

Ah ! est-ce chanté !.. heim, est-ce chanté ! (A part.) Je vais me donner l'air d'un amateur, ça pose un homme ! (Pendant qu'il ne regarde pas, et que Maxime a les yeux tournés, Amaranthe déplace vivement les cartes.)

MAXIME, regardant le jeu.

Oui, vous avez perdu !..

CAMUSOT.

Quitte ou double !

GARAT, chantant.

Je vis nymphé mignonné
Qui s'en allait chantant ;
C'était la douce Œnoné,
Verte comme un printemps.
On rit, on jase, etc.

CAMUSOT.

Ah ! bravo ! bravissimo ! admirabilo ! merveilloso ! (Même jeu d'Amaranthe.)

MAXIME.

Oui ! vous avez perdu !

CAMUSOT.

Tiens, c'est vrai ! Quitte ou double ! (A sa femme.) Joue donc pour moi, ma bonne amie, que je n'en perde pas une note !.. (Il se lève et vient à Garat. Vestris ramasse à terre le mouchoir de Phar qui est tombé, le lui offre, sans être vu, et se décide à le garder pour envelopper la perruche.

GARAT, chantant.
C'était la douce Œnoné,
Verté comme un printemps ;
Dans mon humeur gasconné
Je suis entreprenant...
On rit, on jase, etc.
(Vestris entortille la perruche dans le mouchoir de Phar.)
CAMUSOT, avec extase.

Ah !

AMARANTHE.

Perdu !

CAMUSOT.
Chut donc! Quitte ou double! Continuez, cher monsieur X,
continuez !

GARAT, chantant.
Dans mon humeur gasconné
Je suis entreprenant ;
Mais soudain, la friponné
Me flanque un soufflet... pan !
On rit, on jase, etc.
TOUS.

Bravo !

DESHOULIÈRES, prisant.
Bravo ! bravo ! bravo ! (Vestris lui glisse la perruche dans la poche
de son habit.)
CAMUSOT.
Delicioso ! ravissanto ! (A part.) Ai-je assez l'air d'un ama-
teur !..

AMARANTHE.

Perdu !

CAMUSOT, sautant sur les cartes.
Encore !.. Ah ! sac à papier ! je n'en aurai pas le démenti ;
quitte ou double!
GARAT.
Pardon, monsieur Camusot, prenez garde !.. Savez-vous ce
que vous devez à Monsieur, présentement?
CAMUSOT.
Qu'est-ce que je lui dois?
GARAT.
Quatre-vingt-seize mille francs!
CAMUSOT, effrayé.
Quatre-vingt-seize...,
GARAT,
Évidemment, cher Monsieur !.. Tout en chantant, je suivais
le jeu du coin de l'œil... Vous avez passé cinq fois à quitte
ou double. Deux fois trois font six; deux fois six font douze;
deux fois douze, vingt-quatre; deux fois vingt-quatre, qua-
rante-huit ; deux fois quarante-huit...
CAMUSOT.
Quatre-vingt-seize !..

GARAT.

Avec trois zéros au bout!

CAMUSOT.

Miséricorde!.. mais ce n'est pas loyal, Monsieur; il y a surprise...

GARAT, froidement.

Ah! certainement, il y a surprise!

CAMUSOT, respirant.

Ah!..

GARAT, continuant.

Il y a surprise chez ces Messieurs et chez moi, de voir monsieur Camusot, le riche monsieur Camusot, discuter une dette de jeu, une dette d'honneur!

TOUS, appuyant.

Certainement.

GARAT.

Fi donc! Ah! fi!

TOUS.

Ah! fi!

CAMUSOT.

Mais de quoi se mêle-t-il ce fou-là?.. Et quand je pense que voilà une chanson qui me coûte quatre-vingt-seize mille francs!

GARAT.

Argent!

CAMUSOT, sautant.

Argent?

MAXIME.

Argent!

TOUS.

Argent!

GARAT.

Vous entendez?

CAMUSOT, exaspéré.

Oh! mais, il est assommant ce fou-là!.. (Haut.) Quatre-vingt-seize mille francs, argent... Aujourd'hui, mais qui les a dans Paris... qui les a?

GARAT.

Allons, allons, ne vous échauffez pas, mon cher Monsieur, on a vingt-quatre heures pour les dettes de jeu!

CAMUSOT.

Vingt-quatre heures! mais je n'aurai pas l'argent dans un mois!.. (Signe de Garat à Amaranthe.)

AMARANTHE, bas.

Si vous lui offriez l'hôtel!..

CAMUSOT.

L'hôtel d'Angennes?.. Au fait, oui... l'hôtel!.. c'est vrai!.. Voulez-vous mon hôtel à la place?..

GARAT, faisant la grimace.

L'hôtel d'Angennes?.. Peuh!

CAMUSOT.

Comment, peuh!

GARAT, à Maxime.

A votre place, moi, j'aimerais mieux l'argent, ah! j'aimerais mieux l'argent !

CAMUSOT.

Mais ne l'écoutez donc pas!.. (A part.) Je le tuerai ce fou-
là!.. (Haut.) L'hôtel tout *meublé*, je vous le donne tout *meublé*... Vingt mille francs de mobilier !..

MAXIME, après avoir consulté Garat du regard.

Allons, pour vous obliger, j'accepte !

CAMUSOT.

Et tout ça pour cette satanée...

GARAT, riant.

Quoi donc? (Chantant.)

On rit, on jase... on s'amuse...

CAMUSOT.

Ὸ On s'amuse... on s'amuse!.. Je me la rappellerai celle-là !
(Il passe à gauche avec Maxime.)

AMARANTHE, bas à Garat.

Êtes-vous content?

GARAT.

Oui ! (A lui-même.) Et d'un... A l'autre!.. (A madame Duhamel.)
Est-ce que nous ne dansons pas ?

MADAME DUHAMEL.

Vous dansez !

GARAT.

Comment, si je danse! mais, ventrebleu ! je crois bien que
je danse!.. Allons, monsieur Phar... une gavotte ! une gavotte... monsieur Deshoulières...

DESHOULIÈRES.

Oh! moi, jamais!

GARAT.

Comment ! jamais?

DESHOULIÈRES.

Je n'ai jamais dansé de ma vie! le gouvernement, l'État,
la France! (Il prise.)

VESTRIS, à Garat.

Si ce n'est pas une pitié!... Il faisait une choûte tous les
soirs.

GARAT.

Attention, là!... le petit Auguste... J'espère que vous allez
vous distinguer, hein?

VESTRIS, se frottant les mains.

Ah! maintenant, oui!... il a l'oiseau!.. Je lui ai campé l'oiseau!... je me sens des ailes.

GARAT.

Allons! en place! en place! (On danse la gavotte; à Vestris, en
dansant.) Plus haut donc!... (Vestris redouble sous les yeux de Deshou-

lières, qui le regarde du coin de l'œil, en prenant une prise de tabac d'un air dédaigneux.)

DESHOULIÈRES, à lui-même.

Ah! oui, va, tu as beau te démener, tu n'as jamais été qu'un pantin !... Tandis que moi !...

GARAT, à Vestris.

Hardi, là !... (Vestris redouble.)

DESHOULIÈRES, à lui-même.

Ce n'est pas mal.. mais ce n'est pas ça !.. (Même jeu de Vestris.) Pas de moelleux! pas de style!... Peuh!... il me fait pitié!

GARAT, de même.

Encore.

VESTRIS, bas.

Je n'en pouis plous !...

GARAT.

Allons donc !...

DESHOULIÈRES, s'oubliant.

Mais ce n'est pas cela.... misérable! mais tu patauges! (Haut.) Mais arrête donc, paillasse, je te dis que tu n'y entends rien !.. Tiens !... voilà comme ça s'exécute, regarde-moi ça. (Il s'élance et fait un entrechat splendide.)

GARAT, lui saisissant la jambe au vol, et la tenant en l'air,

Bravo! Pamphile. (La gavotte continue au fond.)

DESHOULIÈRES, effaré,

Ciel!

VESTRIS, bas, à Deshoulières.

Le dieu Voulcain !...

DESHOULIÈRES, à demi-voix.

Messieurs... je vous jure !...

GARAT, de même.

Allons donc, allons donc! pas de modestie, cher Monsieur... je vous ai vu jadis sur le théâtre de votre gloire.

VESTRIS.

Et moi je t'ai assez de fois prêté mon blanc et mon rouge pour en barbouiller ta fichoue mine!

DESHOULIÈRES.

Messieurs!

GARAT.

Pamphile !... la grande école... la danse des maîtres !...

DESHOULIÈRES.

Eh bien! oui... mais, par pitié, taisez-vous! le gouvernement! la France !..

GARAT, lui lâchant le pied.

Soit! mais vous allez me signer immédiatement un laisser-passer pour monsieur le comte d'Angennes.

DESHOULIÈRES, écrivant.

Ah! tout ce qu'il vous plaira !

GARAT.

Et si jamais il est inquiété, je me charge d'apprendre à la France entière qu'elle est représentée par le dieu Vulcain.

DESHOULIÈRES.

Oui, oui.

VESTRIS, le suivant.

Et puis, tu vas me faire un bel engagement à l'Opéra.

DESHOULIÈRES.

Oui!...

VESTRIS, le suivant.

Et je stipoule dans l'engagement que je veux des maillots
en soie! Je ne danse pas avec des maillots en coton : je veux
des maillots en soie !

DESHOULIÈRES.

Oui ! oui !

MADAME DUHAMEL.

Comment, il danse! Vous dansez donc!

DESHOULIÈRES, balbutiant.

Très-peu !... si peu !

JULIE, recevant l'écrit des mains de Garat.

La grâce !

GARAT, à Maxime.

Et l'hôtel !

MAXIME.

Sauvés!.. (La porte du fond s'ouvre tout à coup et laisse voir le vestibule
plein de soldats.)

TOUS, effrayés.

Ah !

SCÈNE XV.

LES PRÉCÉDENTS, LÉONIDAS, CATILINA, THÉMISTOCLE,
GARDES NATIONAUX.

LÉONIDAS.

Au nom de la loi! que personne ne bouge! Nous cherchons
un citoyen suspect qui s'est introduit ici par le jardin.

MADAME DUHAMEL.

Ici!.. il n'y a personne de suspect chez moi... capitaine.
J'en appelle au citoyen Deshoulières, secrétaire du citoyen
Barras !

DESHOULIÈRES.

Permettez, Madame, permettez!.. personne de suspect !

GARAT, bas.

Personne !

DESHOULIÈRES, à Garat.

Mais je...

GARAT, de même.

Mais je vous dis qu'il n'y a personne de suspect, monsieur
Pamphile.

DESHOULIÈRES, effrayé.

Pamph.... (Haut.) Non ! non !.. il n'y a personne de suspect,
capitaine.

GARAT.

Vous entendez, Léonidas ?

LÉONIDAS.

Le citoyen Garat !

TOUS.

Garat !

AMARANTHE.

Lindor !

MADAME DUHAMEL.

L'illustre Garat ! chez moi !

LÉONIDAS.

Soldats ! salut militaire au citoyen Garat, demi-tour à droite et marche ! (Il sort avec les soldats.)

CAMUSOT.

Ah çà ! mais... il n'est donc pas fou ! alors ?

PHAR, MADAME DUHAMEL.

Oui... Vous n'êtes donc pas fou ?

GARAT.

Je ne crois pas !

PHAR, à madame Duhamel.

Mais alors, pourquoi s'est-il introduit chez vous ?

CAMUSOT.

Et pourquoi a-t-il pris Monsieur à la gorge ?

CLÉOPATRE.

Et pourquoi a-t-il enlevé à Madame...

CAMUSOT.

Son écharpe ?.. Oui, pourquoi ?

GARAT.

Pourquoi ?.. Je vais vous le dire !.. Parce que j'avais fait un pari !

TOUS.

Un pari !

GARAT.

Oui, un pari, au sujet de ma voix. J'avais parié... (Montrant Maxime.) avec Monsieur, tenez, que je sortirais vainqueur de trois épreuves dans la soirée... 1º Dîner sans être invité et sans dire mon nom... (Il salue madame Duhamel.) chez la dame la meilleure et la plus aimable, en la payant de chansons.

MADAME DUHAMEL.

Ah ! c'est donc cela, charmant jeune homme !

GARAT, saluant Deshoulières.

2º Prendre à la gorge l'homme le plus respectable et le plus puissant, et calmer sa juste indignation... par des chansons !

DESHOULIÈRES.

Très-bien ! très-bien ! très-bien !..

GARAT, à Amaranthe.

3º Prendre...

CAMUSOT.

Prendre...

GARAT, saluant Amaranthe.

A l'improviste la grande dame la plus sévère, lui faire une

déclaration brûlante, et calmer sa colère et celle de son mari...
(Il salue Camusot.) par des chansons.

CAMUSOT.

Toujours des chansons.

GARAT, à part.

Autant de chansons !.. (Haut.) Et puisque j'ai gagné l'enjeu,
chère Madame... (A madame Duhamel.) permettez-moi de vous l'of-
frir, en sollicitant mon pardon. (Il passe une bague de diamant au
doigt de madame Duhamel.)

MADAME DUHAMEL.

Un diamant !.. Ah ! monsieur Garat, un tel présent !

GARAT.

Une bagatelle, Madame !.. Le véritable... (Montrant sa gorge.)
est là !

MADAME DUHAMEL.

On n'est pas plus galant !

DESHOULIÈRES, à lui-même.

On n'est pas plus galant ! Ah ! par exemple, cette fois... je
ne serai pas en reste avec ce petit Monsieur... Tant pis ! le
cadeau de Cléopâtre ! (Il fouille dans sa poche et tire la perruche enve-
loppée dans le mouchoir.) Belle dame ! Permettez-moi de vous of-
frir à mon tour.

MADAME DUHAMEL, minaudant.

Ah ! monsieur Deshoulières.

DESHOULIÈRES, développant le mouchoir.

Une petite surprise.

MADAME DUHAMEL, à la vue de la perruche.

Ah !..

DESHOULIÈRES, stupéfait.

Qu'est-ce que c'est que ça ?

MADAME DUHAMEL.

Ma perruche !

VESTRIS, avec sentiment.

Ah ! pauvre bête !

MADAME DUHAMEL.

Ma perruche... morte !.. Mais, Monsieur, comment se fait-il ?

DESHOULIÈRES, battant la campagne.

Mais, Madame... je ne sais... mais j'ignore... mais je ne
comprends... mais je vous jure...

GARAT, à Phar.

Oh ! j'y suis, moi... C'est donc ça que je voyais toujours
monsieur Phar rôder autour de la poche de M. Deshoulières...
Je me disais : Mais qu'est-ce que M. Phar peut vouloir à la
poche de M. Deshoulières ?

PHAR, abruti.

Moi !

MADAME DUHAMEL.

Vous ?

DESHOULIÈRES, passant le mouchoir.

Mais, parbleu ! ce mouchoir, ce mouchoir n'est pas à moi !

GARAT, regardant.

P. H.

MADAME DUHAMEL, regardant le coin.

P... H.. Phar!.. Monsieur Phar!

PHAR.

Mais, Madame!..

MADAME DUHAMEL.

Assez! Je ne vous reverrai jamais de ma vie!..

PHAR.

Mais, puisque...

MADAME DUHAMEL, le repoussant.

Un assassin!.. Ne m'approchez pas!

PHAR.

Allons, il est écrit que je ne l'épouserai jamais!

CAMUSOT, à Garat.

Dites donc, puisque vous êtes riche... il faut venir nous voir... vous ferez connaissance avec ma femme!..

GARAT, lui serrant la main, en saluant Amaranthe.

J'irai!

DESHOULIÈRES, montrant Cléopâtre.

Et chez nous aussi!

GARAT, même jeu.

Et chez vous aussi. (A Vestris.) Eh bien, quand je le disais, que je n'avais qu'un moyen, mais qu'il était bon!

VESTRIS.

Oui... oui... mais nous allons bien voir, devant cette assemblée! C'est ici que je vous attends! Ah! ah!

GARAT.

Bah! tu crois?

VESTRIS.

Dame, essayez!

GARAT.

Essayons!

Air : *Gasconne.*

Puisse, quand je chantonné,
Le public indulgent,
Comme ma Gasseconné,
Répéter en sortant.
On rit, on jase, et l'on raisonné,
On s'amuse un petit moment!

LAGNY. — Typographie de A. VARIGAULT et Cⁱᵉ.